小说馆
花城

风月无边

王祥夫 著

SPM 南方出版传媒 花城出版社

中国·广州

图书在版编目（CIP）数据

风月无边 / 王祥夫著. -- 广州：花城出版社，2017.11（2021.4重印）

（花城小说馆）

ISBN 978-7-5360-8458-2

Ⅰ. ①风… Ⅱ. ①王… Ⅲ. ①长篇小说－中国－当代 Ⅳ. ①I247.5

中国版本图书馆CIP数据核字(2017)第267559号

出 版 人：肖延兵
责任编辑：王　凯　李　谓　安　然
技术编辑：薛伟民　凌春梅
封面设计：囗囗囗视觉传达

书　　名	风月无边 FENGYUE WU BIAN
出版发行	花城出版社 （广州市环市东路水荫路11号）
经　　销	全国新华书店
印　　刷	北京一鑫印务有限责任公司 （北京市顺义区北务镇政府西200米）
开　　本	880毫米×1230毫米　32开
印　　张	6.25　1插页
字　　数	150,000字
版　　次	2017年11月第1版　2021年4月第2次印刷
定　　价	35.00元

如发现印装质量问题，请直接与印刷厂联系调换。
购书热线：020-37604658　37602954
花城出版社网站：http://www.fcph.com.cn

一

"行了，让他们来吧，我答应看了。"

二十七岁的明桂那天对她母亲章玉凤说了一句话，完全是批准的口气。

明桂从来都是这样对家里人说话，也许是做妇联主任的原因，她这么说话说惯了。乡里的人们都知道，别看明桂长那样子，她是李书记的心肝儿，谁让她是李书记的独生女，李书记现在家里的事也都是明桂来管，比如花钱，花多少？怎么花？

买什么？大件，小件，都要明桂来决定，连章玉凤打麻将输了钱也要向明桂要钱。二十七岁的明桂把家里的事管得井井有条，但就是找不到个好对象把自己给嫁出去。这一回，明桂终于放出话了，要相亲了。这消息一传出，乡政府里的许多年轻人心里都怪怪的。他们都明白讨明桂做媳妇意味着什么。但明桂确确实实是太丑陋了，个子太矮，好像是上到小学六年级她就不再长，要说长也只是往横了发展。那张脸也是，比一般姑娘家的宽几倍，但要是银盘大脸就好了，在暗处看还有某种要放出光来的感觉，但明桂是黑皮肤，黑不溜秋。走路又是一挺一挺，"踢托、踢托、踢托、踢托"很滑稽很雄赳赳的样子。

　　不但是李书记家的亲戚，几乎是乡里的所有人，人们都明白，明桂的亲事是李书记肚子里最大的心病，李书记就只这么一个闺女。在这次明桂答应相亲之前，乡政府办的刘健康几乎试试探探把乡政府岁数差不多的年轻人都挨个儿问过。第一个被刘健康带到李书记家里去相亲的是团委小陈，小陈以前给副乡长开车，眼睛小，嘴呢，有那么一点点包天，笑起来相当滑稽。就这么个人，李书记的瘦干女人章玉凤一下子就看准了，又是倒水又是拿烟，章玉凤什么时候给别人端过茶送过烟？她是心里急，想赶快给明桂找个婆家。她用试探的口气对明桂说小陈这个人左看右看都还不错，又有工作又有手艺！这是做母亲的话，明桂自己呢，却不肯多看小陈一眼。第二个给刘健康带到李书记家的是学校教员季老师，季老师人黑黑的，倒结实，为人又十分有心计，又总爱在区小报上发些小文章，是乡里的小才子。就这个季老师，居然又被章玉凤一下子看准。章玉凤笑着试试探探问明桂：

"男人要的就是才干，有笔杆子就是有前途，你看咋样？"

明桂坐在那里不说话，继续包她的粽子，手上的劲用得很大。

"你到底要哪样？"

做母亲的端了杯茶，慢慢喝了一口，又小心翼翼问明桂。

"我还能要哪样！打你的牌去吧！"

明桂突然间两眼里都是怨气，无边无际的怨气。

章玉凤一下子愣在那里，但她不敢再多说什么。

明桂在心里一直都在埋怨自己母亲，埋怨她母亲怎么会把自己生这个样子。做妇联主任的明桂，平时总是和和气气地做别人的工作，因为像她那样长相的人，只好用和气来给人留下好印象，用和气来弥补自己长相上的不足。在她的心里，因为有她当书记的父亲在那里做底，她的男人应该是既漂亮又有个头。明桂现在像是有些病态了，自己越是这样，却越是想要找一个好女婿。刘健康给她带来的人简直是离她心目中的形象太遥远。那天，明桂生气了，她不包了，把粽子索性掷到一边。

等到她母亲章玉凤打过电话,要乡食堂的那两个胖女人过来帮着包的时候,明桂却先厉声喊住了她们,要她们把她包好的粽子一一拆了重包。

乡食堂的那两个胖女人愣了愣,互相看看,她们从来都没见过妇联主任明桂发这样大的火。

那是端午节前的事,街道上到处弥漫着艾草苦涩的清香,而明桂的心里却只有苦涩。

现在,明桂终于答应要相亲了。

二

明桂相了亲,而且相得相当成功,男方就是乡联校的老师于国栋。明桂和于国栋是在明桂的父亲、玫瑰乡党委书记李世平的办公室里见的面,在这地方见面好像是很正式,而且正式得像是有些过了头。

因为于国栋的出现,这一年的玫瑰香气在明桂的记忆里就显得特别深刻。于国栋个头偏高,脸很白净,眼睛不大却特别有神。于国栋在联校很有名,他把别人打扑克和下象棋的时间都放在写文章上,各式各样的小文章在县小报发了一篇又一篇，他以为这样就会慢慢打下个天下。但这是乡里，虽然人们对他的评价都很好，但一轮到正经事就没了他的份。比如提干，每次都说要轮到他，但每次又都是别人把那位置占了，朝里无人，休想做官。人到了这个份上，往往接下来就是灰心丧气和意志消沉，而于国栋却不是这样，他有更多的想法和更多的野心勃勃。于国栋和学校的季老师既是同学又都喜欢文学，那本《红与黑》让于国栋怦然心动，小说中的主人公于连既是他的钥匙，更是他的榜样。第一个被于国栋搞到手的姑娘是吴小琼，吴小琼的父亲是乡文化馆的馆长，那时候，于国栋在心里还一心向往着文化馆，想靠着吴小琼的父亲把自己调到文化馆。但于国栋很快对文化馆馆长的女儿失去了兴趣，因为乡人大主任的女儿赵薇出现在他的视线里，但让于国栋想不到的是区上换届人大主任会早早退掉，他和赵薇的关系也就从此结束，直弄得赵薇痛不欲生。于国栋过手的姑娘不止一个，而且个个如花似玉，在感情上，他对女人也就那样，他需要的是女人除了性的欢乐还能给他提供更重要的东西。也就是在这个时候，明桂出现了。

于国栋和季老师都在乡联校，关系又好，晚上吃过饭，两个人坐在学校的花坛边无所不谈，那几天，玫瑰花正在盛开，空气中弥漫着玫瑰花浓浓的香气。于国栋从季老师的嘴里知道了明桂找对象的事，他忽然眼睛一亮，他居然不知道李书记还有这么个闺女。

"哪个？我怎么从来没见过？"

于国栋说咱这地方又不算大，你肯定见过她，只不过你没留意。

"长什么样？"

于国栋说漂亮不漂亮？

"最丑的就是她，乡妇联的，走路一挺一挺，踢托踢托，就这样。"

季老师站起来学了几步，他让于国栋好好地想想。

于国栋还是想不起来，于国栋很少去乡政府，更何况乡妇联。

说到明桂，季老师有许多感慨，说人活在世上就是很难得一个十全十美，像李书记这样的人，大权在握，光屁股下坐的车就三十多万，又管了三个煤窑，可惜生这么个嫁不出去的丑八怪闺女。

"不能说嫁不出去吧。"

于国栋说。

"都二十七了。"

季老师说。

"二十七是不小了。"

于国栋说。

"人就是不能十全十美。"

季老师又说。

"拉灭灯还不都一样。"

于国栋说。

"那能一样?"

季老师说。

"别看女人脸上有区别,下边其实一个味道。"

于国栋说。

"不一样吧?要都一样人们还三个五个地乱搞?"

季老师说女人跟女人肯定不一样。

"女人就像是树上的苹果,虽然有大有小,但味道大同小异。"

于国栋笑了笑。

"只可惜我还是个童子。"

季老师笑了笑,说自己还不知道女人是什么味道。

于国栋大笑起来,说现在世界上哪还有什么童子?十三四岁的孩子都懂得往高粱地里钻,拉下裤子就给女孩子玩打针的游戏。

"李明桂只可惜人太矮,就这么高。"

季老师又说明桂,还用手比了一下。

"人不得全,只要能占住一头就行。"

于国栋跃跃欲试了,他觉得这是一个机会。学校里的齐新丽长得漂亮又能怎么样?人活着最好实际一点。

三

　　于国栋和明桂开始谈恋爱了,季老师就是他们的介绍人。这几天,季老师一直处在兴奋之中,就这样两个人,一个漂亮,一个丑陋,如果搞成了,会有多少好戏给人看?

　　在乡妇联当主任的明桂呢,是一见于国栋就动了心,兴奋自不用说,简直好像是得了宝。她想也想不到会有这样一个让人眼亮的男人出现在自己的生活里,并且愿意和自己谈恋爱。明桂是那种感情已经不再丰富的人,岁数让她没什么感情和浪漫可言，或者可以说，感情已经被岁数赋予她的精打细算代替掉。但一旦遇到了于国栋，明桂从做姑娘起就一点点在心里埋下的情感竟然被一下子又开采了出来，只不过这种开采的形式有些怪，不是于国栋动手来开采，而是明桂自己动手。以至于明桂竟然被自己感动得不轻，想不到自己居然还有这样丰富的感情。

那天，在向日葵地里，于国栋闭着眼，第一次别别扭扭把明桂拥在怀里。

对于明桂，这是刻骨铭心的。但她在暗里感到了于国栋的某种犹豫，感到了于国栋的嘴唇在靠近，但忽然又远了，她在那一刻迎接着，迎接着，在黑暗中，身子往于国栋怀里拱着，像是一只虫子要拱到甜美果子的内部。于国栋的眼睛却死死闭着。那天晚上明桂用她的舌头冲锋陷阵，进入了于国栋。像前几天一样，他俩死死箍在一起，明桂是把两条胳膊死死箍在于国栋的腰上，再下去，就是所有男人最最敏感的地方，于国栋还是紧闭着双眼，用两条腿呼应着明桂，紧紧箍着明桂的身子。这样紧紧箍了好一阵工夫，明桂把身子从于国栋的身上向上升腾上去，脸对着脸了，嘴对着嘴了，明桂在心里已经下了决心，为了把于国栋抓在手里，她只能这样。猛地，发烫的明桂一下子吸住了于国栋的下嘴唇，然后是，用舌头顶开了于国栋的嘴唇。这时有火车不合时宜地从远处隆隆地开来，两个人静了一阵子，然后，于国栋忽然翻身把明桂紧紧压在自己身下，明桂觉得自己是很湿润了，她毅然打开了自己，慢慢分开了两条短腿。而就在这个时候，于国栋却忽然又坐了起来。明桂再一次，又箍紧了于国栋，明桂是勇敢的，她的勇敢表现在她的果断，她明白只有自己把自己给了于国栋，才会稳操胜券。她能做的也仅仅只在于又一次从腰那里把于国栋箍住，然后再一次身子贴着身子在于国栋身上升腾起来，然后，又用自己的嘴顶开了于国栋的嘴唇。这一次她是深入敌后，她感觉到了，于国栋把身子朝后挺去，然后把身子从下边翻转到了上边，这样一来呢，于国栋就压在了明桂的上边，明桂又一次在暗中打开了自己。她感觉到于国栋身体上某个部位的力量，尖锐而集中。但忽然，于国栋又坐了起来。明桂和别的女人不同的地方就在于她又一次发起进攻，又扑到了于国栋的怀里，去迎接新战斗。在那一瞬间，她已经横下了一条心：把自己给了于国栋，把自己给了于国栋，把自己给了于国栋。明桂命令着自己。她几乎是豁出去了，再一次用两条胳膊箍住了于国栋的腰，然后，慢慢在于国栋的身上升腾起来。她的嘴唇已经很干了，原始的渴望让她如火中烧。她把于国栋的身子压倒了，她伏在了于国栋的身上，然后呢，不知所措了。但她马上明白自己该怎么做了，她用力，羞怯和笨拙，把于国栋翻了一个身，让他往自己身上压。

"咱们干那种事吧。"

这一回,于国栋闭着眼,说。

"看看有没有人?"

妇联主任明桂也说话了,不,是在做决定。

于国栋站起身,看看周围,在草丛那边哗啦哗啦解了个小手,然后再蹲下来,却惊异地发现,明桂已经把裤子褪了下来,却用双手捂着自己的脸。于国栋伏下身,闭着眼进入了。明桂那地方鱼塘边一样滑。明桂忍不住低声叫了起来,用牙齿咬住了自己的下唇。于国栋趁势在明桂下边摸了一下,湿湿的,那是明桂的处女之血。完事后,他俩都很快站起来。明桂有些虚脱的样子,是幸福还是别的什么真还让人一下子说不清,她被于国栋拥着。

"还想不想再来?"

上了坡,于国栋又问明桂。明桂虽然丑,但毕竟还有一份处女的新鲜在那里。明桂没说什么,他们又在一片向日葵地边做了起来。

"你是我的了。"

这一次,还没做完,明桂忽然把于国栋抱得更紧,在于国栋耳边小声说。于国栋愣了一下,头脑立刻清醒了,好像是,才明白过来自己这是在做什么。

"你是我的了。"

明桂又说,语气肯定而不容置疑。

"从今往后,你永远是我的了。"

明桂又把这话说了一遍。

"你是我的了——"

四

秋天姗姗而至,树叶开始转黄,时间过得真快。

世界上的快乐好像永远只能是短暂的,明桂现在的痛苦简直是无边无际。已经有两个多月了,不知为什么,于国栋连个照面都不和明桂打一下。河地里的向日葵已经快成熟了,黄黄的花瓣都落光了,又大又沉的花盘子垂下了头。明桂穿着一件竖道子上衣站在那里,看着一只禾花雀落在向日葵的花盘上一下一下啄食向日葵籽。这让她很伤心,觉着自己就是向日葵,花籽都给于国栋啄空了,没了花籽的花盘就要给丢到一边去当柴烧了。她给于国栋打了许多次电话，于国栋总在电话那头说自己有事，忙得走不开。

"怎么回事？发生了什么事？"

明桂在她家里的卫生间里，用两手撑着洗脸池，一次次对着洗脸池上方的镜子问自己，柔肠百转却找不出答案。明桂去了联校，于国栋又总是给她冷脸子，说最好不要到工作单位来找他，以免吸引大家的目光。于国栋会给她倒一杯水，但人转眼就不见了。人一动了感情就要变愚蠢，妇联主任明桂当然也不会例外，她只往好处想，只觉得自己是不是什么地方让于国栋不高兴了。明桂现在是努力要自己漂亮，穿了一双高得不能再高的高跟皮鞋，这就让她走路的样子显得更怪，她不是在走，而是在蹦，"踢托、踢托"，每走一步都好像蹦了一下，一蹦一蹦，一挺一挺地走，穿这种鞋子是痛苦的，也破坏了她在乡里给人们留下的妇联主任的形象，但为了让自己显得高一些，她宁肯痛苦。她不知从什么地方听人说竖道子的布料可以让人显得瘦一些，便执意去城里用这样的料子做了衣服，不穿这样的衣服，人们还不会注意她，一穿上这样的衣服，她就更扎眼更怪，像非洲斑马。她想让自己在于国栋的眼里变得好看一些，却适得其反。妇联主任明桂现在的情况是乱了套，终日魂不守舍，常常在那里自问自答，对着一面镜子，在脑海里整理细节，展开想象，却永远找不到准确的答案。这天妇联下去发避孕套,避孕套这东西永远可以使气氛一下子活跃起来。人们嘻嘻哈哈说长说短,不知是谁没深没浅地在旁边说了一句话,说联校的于国栋和联校的齐新丽搞在了一起,有人看见他们在红石寺的树上嘻嘻哈哈吃桃子,交五元钱,吃个够。这一年的桃子是大年,桃子卖都卖不动。都烂在树下,一园子酒气,蝴蝶蜜蜂都醉得飞不动。

"齐新丽,哪个齐新丽?"

明桂两眼一下子放出光来。

"就是艺校毕业的那个。"

妇联的小黄说。就这个小黄,话特别多,嘴上不知道好歹。

明桂马上就明白了,就是这个齐新丽,艺校毕业的,人很漂亮,年初想要调到乡妇联,是区里的人说了话,但没有调成。没调成的原因只有一条,就是明桂她不愿意妇联有比自己年轻漂亮的女性出现,要是调一个四五十岁的老女人倒是可以,就这么,齐新丽无奈去了学校。学校当然不能和妇联相比,妇联没什么事,可以打打毛衣,说说闲话,或者是喝茶看报纸,年底奖金一个也不少拿。学校里的事就多,面对那么一大群孩子,工资又总是拖欠。

明桂当即"踢托踢托"回了家,人仿佛已经受到了雷击,一蹦一蹦地行进,浑身抖个不停,十个手指尖分明都是麻的。

她打了电话，约了于国栋晚上见面。明桂虽有无限的愤怒和委屈，但她没有爆发，她对着镜子，把泪水擦擦，自己对自己说话：

"就你这个样子，你还有权力发脾气？"

母亲章玉凤在外边嘭嘭敲门，问明桂怎么了。

"怎么也不怎么！"

明桂对母亲说。

很快就到了晚上，刚刚下过雨，地上到处是泥泥水水，月光一照，到处都像是碎玻璃。明桂就和于国栋站在乡里南边靠着那条大沟的露天菜市场的地方说话。天黑了，菜摊子上的菜都不方便收回去，都用肮脏的苫布苫着，于国栋就和明桂靠着菜堆说话。一见面，明桂就看到于国栋有了某种新的变化，戴了一副新从北京配的眼镜，是那种变色眼镜，很好看的。这让明桂心疼，说不出的心疼，由爱生发出的心疼实际上最疼。明桂在自己心里已经找不出一点点愤怒，只有无边无际的委屈压在她的心上，她几乎是用商量的口气问于国栋：

"你是不是，是不是和那个齐新丽好上了，如果这样……"

说话间，明桂的喉咙里猛然哽咽出一种驳杂的被堵塞了的声音。

"你说我和谁？"

于国栋转着脑子，在暗处看明桂的眼睛。

"和你们学校的那个骚货齐新丽。"

明桂迎接住于国栋的目光。

"没这回事。"

这是于国栋的话，面对女人，他会处惊不乱，这是他的卑鄙之处。在这种时候，他还不敢得罪明桂。他甚至在心里暗笑明桂。

"在一起搞搞活动唱唱歌就是搞对象？那一个人该有多少对象？"

于国栋说，甚至还笑了一下。

明桂在暗处已经把什么掏了出来，是一方手帕，芬芳的，又有些像橘子的味道。说来也是可笑，是于国栋在知识竞赛时得的纪念品，当时除了手帕还有铅笔和香皂。于国栋顺手把手帕给了明桂，明桂把这手帕当作人世间的奇珍异宝，好长一段时间，只有把它压在枕头下睡觉才会四平八稳。有时候明桂会把手帕蒙在脸上，居然有一种深远无边的幸福感。明桂把手帕丢给于国栋，说：

"要不，想分手你就分手吧，咱们谁离了谁都活得下去。"

这是明桂的气话，但明显没什么底气，倒好像是在商量某种问题。这话一出口,明桂就被自己吓得够呛。她怕于国栋顺着这话来。好在于国栋在暗处一弯腰把手帕从地上捡了起来,还拍了拍,手帕上已经沾了污泥,湿湿的,又给塞到了明桂的手里。

"没那回事,别听别人胡说。"

于国栋说,朝一边看去。

黑暗中,有指肚大的光亮飞来飞去,是萤火虫。

手帕被明桂越叠越小,被死死攥在她那红红胖胖的手心里了。

明桂原本就让自己不要相信于国栋会这么做。她又问了:

"真没有这样的事?"

"当然不会有这种事。"

于国栋说。

"要是有呢?"

明桂又问。

"那怎么会?"

于国栋两眼依然看着别处。

面对女人,于国栋是有主意的人,他和明桂发生关系后就很快后悔了,是明桂那句"你是我的了"这句话提醒了他。他在心里批判自己,觉得自己是在胡闹,明桂是太丑了。即使她的父亲是大权在握的李书记,明桂的样子也是太丑,重要的是学校里还有个齐新丽，什么事情都怕对比。于国栋从来都不把女人当回事，这回他倒是认真了，最后还是选择了人样漂亮的齐新丽。他和齐新丽相好也不是一天半天。于国栋明白明桂是个什么性子的人。明桂既不同于赵薇，又和吴小琼不一样。于国栋能隐隐约约感觉到明桂身上有一种杀气，这就是书记的女儿，也许因为她又是妇联主任。所以，于国栋不想把事情搞得很糟，他对付女人的办法是不冷不淡地拖，直拖得明桂自己退场，但于国栋的打算错了，明桂毕竟是明桂，和其他女人哪能一样！对于女人，于国栋自觉自己更像是部落首领，指挥着，运筹着她们的进退。但是于国栋错了。

　　已经很晚了，于国栋送明桂回去，月光如水，地上的影子，梦梦的。

　　于国栋现在已经和明桂亲热不起来了，明桂一蹦一蹦地走着，突然往他那边靠了靠，地上恰巧有个水坑，于国栋趁势往旁边跳了一下，跳过了水坑，然后他们就一直保持着这样的距离。这让明桂彻底清醒了，在心里感到了某种刺痛。到了明桂家门口的时候，明桂要于国栋进来。许多次了，他俩总是摸黑进到靠厨房的那间房，那张椅子真是结实，从没有颠覆过他们的情欲，总是默默地承受着由他们两个肉体卷起的十二级风暴。

　　于国栋没有随明桂进家，他很有礼貌：

"天不早了,也许要下雨。"

"你不进啦?"

明桂站在暗处说。

"不啦,我就不进去了。"

于国栋往后退了一步,站到了那棵树旁。

只这一句话,让明桂像是一下子失去了重心,变得跌跌撞撞。

"你不进了?"

明桂又问一声。

"不了。"

于国栋说。

明桂只好自己跌跌撞撞进了屋,进屋之后,她一下子靠在了门上,耳里听着外边于国栋的脚步声一步一步远去,远得像是上了天,每一步又分明都悬在她的头上。家里这时有人在楼上的屋里打麻将,哗啦哗啦的洗牌声一阵阵传来,又是她母亲章玉凤和邻居们在打十六圈。

明桂摸着黑,在那把椅子上坐下了。望着窗外的亮光,过电影一样,把和于国栋在一起的事一遍一遍过了几个过。明桂没有一点点声音,人像是要给憋过气去。

明桂坐在那张有纪念意义的椅子上,慢慢剥粽子一样把自己的衣服解开了,她先把自己的上衣解开,一件粉花衬衫。这还不够，她又把自己的裤子慢慢解开，褪了褪，让整个肚子裸露出来，从窗外进来的如水月光，让她清清楚楚看到自己那已经微微隆起的肚子，顺着肚子往上，是她那被于国栋用两只手细细揉搓过的乳房。明桂忽然像是要给自己憋过气去了，眼泪却怎么也止不住。肚子里边，于国栋下的种已经生根发芽。明桂压抑着自己，让自己一点点声音都不要发出来。但她没办法让自己一点点声音都不发出来。明桂的爆发是突然叫了一声，像给什么一下子击中了，嗯的一声，只这么一声。明桂马上把衣领死死咬住，眼睛在暗里瞪得很大。

"没那么便宜的事！"

明桂在心里说。

"没那么便宜！"

只有明桂能听见自己心里的尖叫。

五

明桂让乡办公室的刘健康要来了车,是一辆黄壳子北京吉普。

明桂的母亲章玉凤在隔壁屋子问了一声明桂:

"打行李做什么?是不是又要去学习?"

"没事,没什么事。"

明桂说水开了,你们那边要不要开水?

"学习也不用打行李呀?现在无论到什么地方学习都会安排住处。"

章玉凤又说，手在出牌，耳朵却在明桂这边。

明桂不再说话，一下一下做着自己手里的事。这几天，明桂心情不好，一直绷着脸，和家里任何人都不说话，家里人也不敢问三问四。明桂的母亲章玉凤更是怕惹明桂，惹明桂生气就是跟自己过不去，但章玉凤有章玉凤的乐趣，那就是找几个人在另一间屋里打麻将。她现在的任务就是打麻将，她的活力现在都表现在打麻将上，如果不打麻将，她就总是这里难受那里也难受，一上麻将桌各种难受就都不见了。章玉凤心里知道明桂是遇见事了，是什么事呢？她心里也乱，该出的牌她没出，不该出的牌她倒打出去。章玉凤就这么一个闺女，也是怪自己年轻的时候要强，在妇女突击组当组长，在政治上要表现一下，怕早早要孩子，最终吃避孕药搞出了毛病，把明桂生成那样子，这话可不可信？反正连大夫都这样说。

明桂显得十分镇定，收拾了自己的东西，打了两个大包，她没忘把那方芬芳的小手帕放在包里。她要刘健康把包搬上车，随后她也上了车，但当吉普车离开家门口的时候，她心里忽然一酸，脑子也一下子变清亮了。她明白自己其实就是出嫁。自己到底出了什么事？出了什么事？出了什么事？她问自己，居然要这样慌慌张张离开家？既没有吹打，又没有伴娘，这一切都是为了于国栋。这就是爱情吗？明桂在心里问自己。活这么大，明桂才知道爱情其实是最折磨人的东西。

"于国栋！"

上了车，明桂在心里喊了一声，两眼红红地望着车外。

车开动了，车窗外的梧桐树一闪一闪退到后边去了。明桂已经打定了主意，她明白什么是先下手为强，她清楚于国栋的家庭，她明白自己应该怎样一下子把于国栋死死攥在手心里。明桂两眼望着车外，一路没话。

于国栋的家就在矿区那边，一条大壕沟的东边，壕沟里长满了杂树。明桂去过两次，那两次于国栋的家里都没有人，甚至于她还和于国栋在于国栋的家里提心吊胆地做了一把爱。那天于国栋的家人都兴冲冲进城抓彩票，结果什么也没抓到，只抓到一些毛巾梳子肥皂盒什么的，很晚才扫兴而归。于国栋的家离乡这边并不远，转几个弯就到了。

于国栋的老娘正坐在院门口和人说话，院门口的那株枸杞结满了鲜亮的果子。天上是大朵大朵的黑云，像要掉下来，却又轻轻松松飘开去。

于国栋的老娘和那几个老女人都忽然停了说话，那辆黄壳子吉普，吱的一声停在了于家的门口，一个女的，怎么会那么矮，头又那么大，简直是怪物！这个怪物从车上下来了，走路一蹦一蹦，"踢托，踢托"，这活怪物后边跟着一个人，扛着两大卷行李。因为是站在自己的家门口，于老娘以为是河南老家来人了。

"这会是谁呢？"

于老娘忙站起身。

"你们家来客人啦。"

于老娘的邻居说。

"这会是谁呢？"

于老娘又小声说。

乡政府办公室的刘健康，肩上扛着行李，手里还提着一卷，正不知往什么地方放。于老娘走了过去，并且马上吃了一惊，因为她耳朵边清清楚楚听见这个身高矮得出奇的姑娘张嘴就朝她喊了一声娘。明桂早已经在相片上认识了自己的婆婆，自然不会认错走过来的这个老女人就是于国栋的娘。明桂让自己把戏做得好好的，所以就喊娘了，这一手果然厉害。于老娘差点没晕倒。这会是谁呢？于老娘在心里想，却想不出明桂会是什么人？于老娘一下子想到了于国栋的父亲身上，这更让她糊涂，老东西在外边怎么会有个姑娘？虽说过去在村子里有几个相好的，如果有了私生子，但再怎么也不会张嘴就朝自己喊娘。于国栋的父母不是平山这边的人，老家是在河南那边。于国栋的舅舅，从小离家当兵，后来做了官，在市里当了局长。于国栋一家就把家搬到这边来。于国栋的父亲叫了一个极其传统的名字：于鹏举。他早先也是村委会领导，但他现在已经不是了，他现在在煤矿上管秤房，所有煤车都得从他的眼皮子下边过。但于鹏举举手投足还是一个农民，讲义气，重老乡情义，不管自己年轻时候什么样，他对子女的要求是做人就要做个好人。好人的标准是什么？一是要讲实话，二是要孝敬爹娘，三是不能骗人，四是不能乱搞女人。这种家庭纪律表面上看上去钢铁一般坚硬，代代相传入骨入髓。但实际上，于家的孩子已经离他的要求越来越远。于国栋在外边搞了一个又一个女人，家里却不知道，做这种风流事，没人会和家里人商量。

于国栋家的院子里种了不少向日葵，明桂"踢托，踢托"已经进了院子，一蹦一蹦走到向日葵的下边。明桂很兴奋，这就是于国栋的家。只要住进这个家胜利了，就能把齐新丽那个骚货彻底打垮。

"你找谁？"

于老娘跟在后边，问明桂，试探性的，看着明桂。

明桂先没回答于国栋母亲的话，而是回转身，"踢托、踢托"，吩咐刘健康他们先走，这就显出了她和别的女人的不同，是女干部的作风，妇联主任的行事。于老娘要想弄明白明桂的身份并不难，为难的是明桂，但她既然已经开口叫过一声娘，别的就无所谓了。她毕竟是妇联主任，工作多年再加上和各种女人打交道让她养成了处事不慌。刘健康他们一走，明桂就"踢托、踢托"过去把院门关上了，把于国栋家的邻居，那些好奇而多嘴的老女人统统都给关在了门外。明桂的举动,如同在自己家一样,这种感觉从哪儿来的呢?这让她自己都觉着奇怪,也许,这就是爱情的力量。

于老娘跟在明桂的身后,不知道家里将要发生什么事了,这让她又是急又是好奇,但她马上就明白了,眼前这个一蹦一蹦的怪物一定是和儿子于国栋有关系。

明桂害着羞,但脸上还能沉得住,她已经豁出去了。

"咱家里还有谁?"

明桂问于国栋的母亲,声音有几分僵硬,堵了一下,马上顺出来,脸却红了。

于老娘简直是着了魔了,她告诉明桂家里只有她一个人:

"别的人都出去了。"

"好。"

明桂只说了一个字,她放心了。

于老娘跟在明桂后边,也进了家。

明桂要于老娘在一进门的旧沙发上坐下来,那种旧沙发,扶手是木头,坐垫和靠背却是栽绒,但坐垫和靠背里边的弹簧都已经坏了,人一坐上去,就好像立马小了一个号。于老娘坐下来了,望着明桂,眼睛里密密麻麻都是问号。明桂也坐了下来,这对她很重要,只有坐下来,她就可以掩饰一下自己个子矮的缺陷。明桂坐下来,突然改变了主意,她昨天晚上想好的是：要跪下，一定要下跪。但她临时变了，一是妇联主任的身份让她做不出来，二是家里现在只有她和于国栋母亲两个人，要真是跪下来，给谁看？演戏是要给人看的，再说下跪这种事现在毕竟已经很少出现了，只有唱戏的时候才会看到台上的人下跪。

"我肚子里有了。"

明桂开了口，她的一只手在肚子上，两只眼睛却在于老娘脸上。

于老娘一下子张大了嘴，却不再合住，看着明桂，屋子开始旋转。

"我肚子里有了。"

明桂又说了一句，并且，用手慢慢抚了一下肚子，她要自己平静下来。她对于国栋母亲说肚子里的孩子，不是别人的，是于国栋的骨肉，所以她从今往后就要住在这个家里了，所以说她今后就是于家的儿媳妇了。明桂其实没有过多的激动，有的只是一些害羞，话一说出来，该害羞也不害羞了。

"你说你有了？"

于老娘小声说，看着明桂那颗肚。

"有了。"

明桂回答道，语气里像是有几分自豪。

"你说，是我们国栋的？"

于老娘的声音在颤抖。

"是于国栋的!"

明桂简直是在下判决。

"国栋的?"

于老娘脸上的肌肉便开始跳动,半边的脸,活泼起来,眼皮也跟着活泼起来,嘴唇后来也跟上活泼起来。她太激动了,就要激动出病了,这事来得太突然了,让她不能接受。明桂给吓了一跳,被于老娘突突乱跳的脸。她忙反身倒了一杯水,要于老娘马上喝下去。于老娘已经蒙头转向,又像是中了魔法,把那杯水喝了。喝了水,于老娘的脸跳得更快,半边的脸,突突突突,突突突突跳得如火如荼,于老娘只好用手把自己的半边脸握住,但怎么捂得住,脸又不是什么物件。明桂明白这样下去可能要出事了,但她还是十分镇定。

明桂从于国栋家出去,左右看看,在于家邻居们的注视下,一蹦一蹦,"踢托、踢托",去了街边。街边有两个台球案子,有一伙年轻人在打台球,这会他们都不打了,停了杆,睁大了眼,看着明桂,他们不知道从什么地方蹦出来这么个怪物,都被明桂的样子镇住了,随后他们都嘻嘻哈哈笑了起来。

"出租车,出租车。"

明桂根本就不会把这些年轻人放在眼里,她在街边把一辆出租车拦了下来,讲好价钱,她让司机把车倒过来,倒到于家门口,然后把于老娘弄上了车。

在车上,于国栋的母亲完完全全中了魔,握着半边脸,嘴往一边抽,眼睛却一直跟着明桂转,明桂的脸转到什么地方,她的眼睛就跟到什么地方。有那么一阵子,于老娘觉得自己是不是在做梦或是中了魔?这个怪物怎么就一下子成了自己的儿媳妇?于国栋的母亲掐了一把自己,明白这绝对不是梦。

明桂在医院,把于国栋的母亲安顿好了,连尿盆子都放在该放的地方,才到走廊给于国栋打了电话。在电话里,明桂很镇静地告诉于国栋他妈病了,告诉他医院这边都已经安顿好了。明桂告诉电话那头的于国栋,自己已经把行李搬过去了,从今起就要住到于家了,因为她不能把肚子里的孩子生在别处。明桂的口气很镇定,她还告诉于国栋:

"我把肚子里的事已经对咱妈说了。"

"你!"

电话那边,于国栋立马像是被什么噎了一下。

"咱妈。"

明桂又说了一句"咱妈",肯定而有力,不容反驳,不容置疑,理直气壮,而且还有某种优越感。

电话那边,已经静得一点点声音都没有。只"咱妈"这两个字,已经把于国栋愣愣地定在了电话那边。于国栋手里拿着电话,一动不动,浑身上下的神经都好像一下子死掉,他不知道家里出了什么事?更想不到明桂会这样,会这样有主意,会这样利落,于国栋呆呆地站在那里。

"我把肚子里的事对咱妈说了。"

明桂又在电话里把这话重复了一遍。

电话那头,还是没有一点点于国栋的声音,只有电话的忙音,遥远而又清晰,像从宇宙间传来。

六

几天后，于国栋才骑着那辆蓝色的旧车子赶到医院看母亲。

于国栋的母亲躺在病床上，身上盖了一条蓝色的毛巾被，头上七七八八地扎着些闪亮的银针，她一直不说话，也不看于国栋。明桂却在一旁忙来忙去，"踢托、踢托、踢托、踢托"，一会倒水，一会看看点滴，一会又去削一个苹果，一会又去剥一个橘子。几天来，明桂就一直这么侍奉着于国栋的母亲，服务到位，轻手轻脚，全心全意。但于国栋的母亲就是没有一点点反应。晚上，明桂睡在病床边的一张折叠床上，连衣服也不脱。无论明桂怎么忙来忙去，于国栋的母亲就是不和她说话。但明桂有明桂的主意，不说就不说，不理就不理，自己的本钱就在肚子里。怕什么？既然怀上了你于家的骨肉，什么都不用怕。明桂摸着肚子对自己说。

于国栋站在病房里，他的母亲一直不和他说话，他父亲也坐在那里不说话。只是在明桂不在的时候，于国栋的母亲才突然看定了儿子，开了口，声音含糊不清，嘴里像含了什么，舌头明显发生了划时代的变化，干脆利落已经永永远远离了她，从今往后她只能含含糊糊表达自己的意愿：

"国栋，我看你完了！叫你舅舅来！"

于国栋看着他母亲，不说话，喉结好一阵乱动。

"叫你舅舅来。"

于国栋的母亲又说，无论碰到什么事，于国栋的舅舅都是她的救命稻草。

"叫他舅舅做什么？他现在能做什么！他退了！"

于国栋的父亲在一旁阴沉着，怒着，这时也开了口，看着儿子的样子他倒想笑。他想不到家中会出这种事，会有一个怪物从天而降一挺一挺来给自己当儿媳妇，而且肚子都给搞大了，这简直让他气得要发疯。但他现在已经不敢发火，而且要自己很快把态度变过来。因为明桂不声不响地开始张罗着给于家办好事，这一切，都是在医院里进行的，短暂而有效。在医院的水房里，明桂和于国栋的妹妹于国凤一边洗东西一边交心，她这样做一是为了了解于家的情况，二是要慢慢把自己的影响施加给于家。明桂口气亲切地对于国凤放出了口风。她要办的第一件事，就是把于国凤弄到联校去当教员。于国凤受哥哥于国栋的影响也喜欢写写文章，学校对她而言是最最理想的所在。明桂已经把于国凤的心事弄得一清二楚。调工作这种事，对明桂的爸爸李书记来说轻而易举。明桂要于国凤放心，说调学校当教员的事包在她身上，没有一点点问题："世界上还有什么比做教员好？什么工作都没做教员好，一年还有两个假期，天气最热的时候和过年的时候，这是多么好的工作。"话是这样对于国凤说，而明桂的私心却是：她想一旦把于国凤调到联校，就等于在联校安插下自己的耳目，那个齐新丽说什么也得收敛一些，还有于国栋也会见好就收，这是一箭双雕的事。于国栋的父亲一旦看到了这个好处，就只好改变了态度，一旦下决心认了这个儿媳，他就要对儿子于国栋有个交代，所以，他倒反过来劝儿子于国栋：

"算了，你舅舅说得好，丑是家中宝。再说她爸爸还是个书记，我看她洗衣做饭什么都能干，你还要什么？她肚子里已经有了你的种，你还要什么？你说。"

于国栋的父亲让自己不要发火，才说两句却又火了，便不再说，胸脯那里好一阵子秋风萧瑟洪波涌起。在心里，他觉得这是于家的一场灾难，怎么会有这样一个怪物登门给他们于家当儿媳妇。儿子长这么大，他做父亲的第一次在心里小瞧儿子，怎么连这样的女人也要大干快上？

"你呀你！"

于国栋的父亲向来能说会道，这时候却只有这么三个字。

于国栋不说话，坐在病床对面，喉结在那里律动如潮。

"你是不是就没见过女人？"

于国栋坐在那里不说话，做父亲的忍不住了，他又刺了一下儿子。

"我愿意！"

于国栋终于大声吼了出来。

"好，你愿意！我就怕你小子有不愿意的时候！"

于国栋的父亲说。

"该不愿意的时候你们谁也管不着我！和我好过的漂亮姑娘多着呢！"

"你……"

于国栋的父亲看着儿子，忽然想到自己年轻的时候，心情顿时五味杂陈。

"和我好过的漂亮姑娘多着呢。"

于国栋又把这话重复了一遍。

于国栋的父亲把脸转过去，看躺在那里的于老娘，于老娘一下子把眼闭住了。

这时候，明桂正用毛巾包着暖水袋走到病房门口，她站住了，在病房门口站了好一会，脑子里一直回响着于国栋的这句话："和我好过的漂亮姑娘多着呢。"这话一时对明桂有多大的刺激还不好说，但明桂要自己表现得不显山不露水，进病房的时候，明桂猛地深深吸了一口气，然后才把门轻轻推开。

明桂进来，把盖在于老娘身上的毯子一撩，把暖水袋一下子塞进去。

七

天已经冷了下来,学校周围的树都黄了。

风从遥远的天际刮过来,满天的黄叶飞飞扬扬十分富有诗意。

这天,明桂去了乡联校,她坐了车去,让车在校门口等着。

明桂的肚子已经显山露水了,她穿了一件很肥大的衣服,因为怀孕,她的身材就更加难看,是一个球形,几乎是浑圆的，只不过两头尖一些，中间的部位向着四面八方扩张。她提了一个很大的塑料袋子，里边满满都是糖果。她笑盈盈地，一挺一挺，"踢托、踢托"地走进了学校。学校她是熟悉的，她先去了校长办公室，校长刘培文想不到李书记的闺女明桂会来。他正在炉子边修一个订书机，看到明桂，忙笑嘻嘻站起来：

"妇联主任大人快快请坐，是不是又有人瞎反映问题？说我刘某人又生了第四胎？"

"我是请校长吃喜糖的，又不是来检查工作。"

明桂已经把喜糖掏了出来，花花绿绿放在办公桌上。

刘培文看着喜糖一愣，他居然不知道明桂办事，心里马上就有些不安，他的不安源于李书记怎么会不请自己吃喜酒？这简直是一个严重的事件，这说明出了问题，怎么不请自己？坏了。刘培文想知道李书记的女儿明桂找了个什么男人，他隐隐约约听人们说明桂是和于国栋谈恋爱，但没听说于国栋要办事，不可能吧？

"对象是谁？在什么地方工作？"

刘培文忙问明桂。

"你猜呢？"

明桂说。

"这么大的事，怎么也不请我？我和你爸还是老同学。"

校长刘培文又怎么猜得出来,"不可能是于国栋吧?"他在心里问自己。

明桂咯咯咯咯笑起来,说自己是妇联主任,不好大操大办,所以就没办。"只是一家人吃了两桌。"明桂再往下说,校长刘培文就更吃惊了,他把一口烟憋在嘴里,他想不到新郎居然就是于国栋。

"这小子真他妈好福气。"

校长刘培文这才把嘴里的烟一吐。

"是不是我不配?"

明桂笑着说。

"哪里,哪里。"

校长刘培忽然有点慌,连连说于国栋这小子不但有福气,也真有两下子,但这小子也真是,也不说个话,像个哑巴。

"是不是当了李书记的女婿怕别人沾他光?"

明桂看着校长刘培文笑了起来,从心里发出的笑,她要的就是这个效果。

明桂从校长刘培文的办公室里出来又去了别的办公室。

明桂把袋子里的糖果分给每一位老师。她告诉联校的每一位老师,她和于国栋结婚了,请大家吃他们的喜糖。这简直是具有轰动性的新闻。马上就有人跑到办公室找于国栋算账,拍着桌子问于国栋办事怎么屁都不吭一声?"是不是学校里的老师们都没资格吃他的喜糖？是不是怕沾他这个书记女婿的光？""是不是？是不是？"教员们拍着桌子问于国栋。于国栋却愣在那里，他想不到明桂会来学校送喜糖。"你这小子，做了书记的女婿都不说一声，又不是做了猪，还不敢吭一声。"那些教员还在开于国栋的玩笑。于国栋还是不说话，喉结上上下下乱动，他明白要发生事了，他躲着也不是，出现也不是，学校里，人们还不知道他和明桂最近发生的事，起码还不知道明桂已经挺着肚子住到了他家。于国栋的脸黑着，喉结乱动着，坐在办公室里，他能听见外面明桂的说笑声。季老师嗓子也真他妈够尖，也适时地出现了，在学校的院子里大声说于国栋呢？这家伙结婚怎么也不说一声？新郎怎么可以不露面？说着，从办公室里跑出来站在院子里喊：

"于国栋，你个狗日的出来，你媳妇来了——"

于国栋已经被一种看不见的力量施了定身术，恼火加上害怕，让他坐在那里一动不动。直到季老师风风火火从外边跑进来把他从办公室里拉出去，质问他怎么结婚也不打个招呼。这让于国栋很难堪。只好说：

"现在有规定不让大办。"

于国栋一被拉出办公室就看到明桂了，正笑着把手里的糖往一个老师的口袋里塞。他站在那里，看着明桂，他最担心什么，什么就马上发生了。明桂"踢托、踢托"一挺一挺又走向了齐新丽的办公室。于国栋在心里想把明桂拦住,但这也只能是心里的事,他侧过脸,用求援的目光看身旁的季老师。季老师明白于国栋的意思,忙"明桂,明桂"喊了两声,但怎么能拦住明桂的脚步。齐新丽的办公室门前,种了些蜀葵,都什么时候了,还在开花,花的颜色很娇,叶子却一片一片都像烂铁皮。明桂一迈腿,已经进了齐新丽的办公室。

于国栋只觉得自己的脑袋嗡的一声,像引爆了一枚原子弹。

八

外面的动静,齐新丽已经听到了。她是一点点思想准备都没有,她被于国栋蒙在鼓里。她甚至在想是不是季老师开玩笑?真是瞎开玩笑,于国栋怎么会结婚?这又不是买件衣服。虽然这些天来,她感觉到了于国栋的变化,总是躲着自己。齐新丽的家不在乡里,所以,她是住校的。要是在平时,于国栋总是往她的屋子里钻,但最近他很少来了。齐新丽和于国栋,是在学校联欢会上让感情一下子升华的,其实那不叫什么联欢会,是过教师节,学校组织教员们到市里最好的弘雅饭店吃饭，然后就去歌厅，让教员们唱唱歌，愉快愉快，放松放松，这就是过节了。肚子里有了酒，大家都疯了，联校的老师们就都争着跳到小台子上去给别人乱点歌。点到于国栋唱歌的时候，因为喝了酒，他脸红红的说什么也不肯上台。

"于国栋，唱个《甜蜜蜜》。"

不知谁在下边说了一声。

"我和谁甜蜜蜜呀？"

于国栋脸红红地说。

"于老师还不是想和谁甜蜜蜜就和谁甜蜜蜜。"

有人在下边起哄。

"那我就和你吧。"

于国栋朝那边一指，想不到齐新丽正坐在那里。有人马上就把齐新丽推了起来，这倒让于国栋有些不好意思。其实齐新丽一来学校就已经注意到这个叫于国栋的男老师，人很帅气，还会写文章。但于国栋唱歌不行，一唱就跑调，好好一首抒情歌让他唱得东倒西歪，才唱两句，放片机又出了毛病，居然嚓啦嚓啦响了一个头就断了。唱盘被重新放好再放一遍的时候，旁边的季老师忽然又推了一把齐新丽，说：

"齐老师你大方点，你不带带他他就总是跑调，我们耳朵可受不了。"

齐新丽是艺校毕业的，唱唱歌算什么？她的嗓子虽当不了歌星,但也让人不敢小看。齐新丽被人们嘻嘻哈哈推到了台子上。于国栋马上把自己的唱筒笑嘻嘻地递过来,自己拿了另一个。说来也怪,有人和自己一起唱,于国栋便不再走调。一首《甜蜜蜜》让他们两个唱得十分有情有义。齐新丽唱"就像花儿开在春风里"的时候看到了于国栋那双好看的眼睛,于国栋此时的眼睛里已经是波波澜澜。"梦里,梦里,梦里见过你。"唱到这一句的时候,齐新丽感觉到于国栋眼睛里的东西分明已经像云一样飘到自己的心里了。

乡联校在八一湖边,这个湖当年是解放军亲人给修的。联校有一个规定,就是天天都要检查是不是有学校里的学生下湖游泳。毕竟是乡小学,上体育课只许学生们踢球和跳绳,从来没人提议过教学生们游泳。学校大门和八一湖之间,是一片槐树,开花的时候,就像是下了一场雪。那是真正的香雪。那天去湖边检查是不是有学生在湖里游泳,于国栋正好和齐新丽碰在一起。于国栋对齐新丽说:"咱们到林子里去,再好的香水也比不上林子里的香气。"就这个槐树林子,原来是林场的苗圃,好大好大的一片,后来苗圃解散了,别的树可以给人们砍了当柴烧,槐树因为有太多的刺,就这么自由自在地生长了起来,到后来简直是长疯了。进了林子,那感觉就像是进到了一个再好不过的音乐厅,外边的声音都没有了,只有"啾啾啾啾、啾啾啾啾"满耳的鸟鸣。和齐新丽在林子里走来走去的时候，也正是于国栋和明桂搞对象的时候。好像是，一看到这个风骚可人的齐新丽，于国栋就像是苦口吃了一块冰糖。齐新丽不愧是艺校里出来的，又会穿衣，身材又好，好像是无论什么衣服，只要一穿到她的身上就时尚好看。学校毕业没事做，她还在歌厅唱过半年歌，爱情这两个字对她来说是个比较随便的字眼。这在不久后的晚上，于国栋领略到了，这简直是让于国栋吃惊，他想不到齐新丽床上功夫比他还好。

那天，事后，于国栋对齐新丽说：

"真想不到，你简直可以当我的师父。"

"还说呢，你这算不算是强奸？"

齐新丽说你于国栋怎么也不想想后果，就这么把我给做了？

于国栋对付女人是有一套的，他嬉皮笑脸：

"是你做我还是我做你？还不知是谁强奸谁？"

"你就不怕我告你？"

齐新丽又说有了孩子怎么办？

"你去告呀，就说是你先动起手来把我硬是放进你的身体里边。"

于国栋又把齐新丽拥在怀里，说有了孩子倒好了，省一半钱。

"我问你，你这是不是第一回？"

齐新丽推了一把于国栋。

"你看我都紧张成什么样子了，还会是第二回？"

于国栋对付女孩子一如行云流水。

那天晚上，他们是翻墙头回的学校，从食堂那边，踩倒了一片葱。

学校的生活其实是单调的，只要学生一放学，吵吵嚷嚷的学校便马上变得安安静静。但谁也想不到安安静静的学校里到了晚上会由于于国栋和齐新丽而变得有了翻江倒海的内容。因为有明桂那边的关系，于国栋始终不把自己和齐新丽的关系公开。但他又无法把自己和齐新丽分开，齐新丽给他的愉快让他觉得真是天外有天，他觉得自己现在正在朝着性的高级阶段大步挺进，这一段时间里，让于国栋感觉到愉快的不是脑子而是身体。

齐新丽坐在办公室里，她听到了外边季老师的喊叫。

齐新丽一时还没有反应过来，"踢托踢托、踢托踢托"，明桂已经从外边一挺一挺走了进来。此时的明桂，内心是复杂的，每当她面对一个漂亮的女性，她的内心都是复杂的，说不清都有一些什么内容在里边，更不用说这个女人是齐新丽。明桂看了看齐新丽的办公室，墙上挂着一把二胡，还挂着一面锣，还好，地上有两把椅子。明桂在椅子上坐下来了。只要是有椅子，她的心就会安定下来。无论在什么地方，第一件事，她首先要找把椅子坐下来。

"你就是齐新丽齐老师？"

明桂开口了，眼睛坚定地看着齐新丽的眼睛，眼神是无形的，但有时要比钢筋还要具体而坚硬。但是，直到这会，齐新丽还不知道于国栋和明桂的事，她甚至都没有听过于国栋和明桂的事。这种事，又有谁会告诉她？

"你找谁？"

齐新丽说。她此时是懵懂的，几乎可以说是糊涂，到底发生了什么事？季老师在外面喊什么？她脑子里一下子转不过弯来。面前这个女人，光身材就让人发笑，这是谁？明桂这时已经把花花绿绿的喜糖从袋子里抓了出来，明桂抓了一次还不够，又抓了一次，抓了两大把，花花绿绿的糖果放在齐新丽的面前了。明桂明白这花花绿绿的糖果的效果和威力。

明桂看着齐新丽，说：

"这是我和于国栋的喜糖，我们请你吃喜糖。"

怎么回事？这是不是太突然，齐新丽的脸色一下子煞白了，所有的鲜血都一下子从脚下流走了。

"我和于国栋的喜糖，你吃吧。"

明桂又说了一声。

齐新丽朝外望了一下,这个动作其实连一点点意义都没有,学校里的人都没过来,就像是看戏,台下的观众当然不便跳到台子上来的,要保持一种距离。

明桂这里却又有了新动作,那就是,她又给齐新丽剥糖,把花花绿绿的糖纸剥掉,递过来:

"吃我们的喜糖吧。"

明桂做惯了妇女的工作,和妇女在一起她就如鱼得水。她静观着对手的变化。这变化就是:齐新丽站了起来,人其实有时候就像个木偶,所有关节都靠别人提着才会动。齐新丽这时就是这样,但就是不知是谁提了控制她的线。她站起来,连她自己也不知自己要做什么?出去,还是再坐下,脑子里一片空白。

"你吃糖吧,吃我和于国栋的喜糖。"

明桂把剥好的糖再次递过去,这就是明桂有些过分了。但她心里已经喜悦过了头,因为齐新丽的样子。打了胜仗的人有时候就是昏了头的人,该收兵的时候就要收兵。但明桂要自己不收兵,她要大获全胜。她又从袋子里掏出了一大把喜糖来放在桌子上。

"你别嫌少,我和于国栋的喜糖够你吃的。"

明桂又说,看定了齐新丽。

这刺激对齐新丽来说是太大了,齐新丽在歌厅里什么人没有见过，她没有接明桂剥好的那块糖，却另拿起一块，手抖着，往地上一抛，说出两个字：

"狗屎！"

明桂倒没防着这一着，但她马上回击了。

"你别太激动，坐下，慢慢说。"

明桂沉静地说，完全是妇联主任的派头，甚至，脸上有了笑容。

齐新丽叫了一声，声音真是可怕，她从自己的办公室里跑出来，一眼就看到了站在另一间办公室门外的于国栋。齐新丽觉得自己是完了，在短暂的时间里，她不可能想出更好的办法。她只能跌跌撞撞往学校外边跑，她想自己马上死掉好了，就死在湖里，死给于国栋看。只有死才能让国栋受到惩罚，让于国栋被判刑，最好被枪毙，让这个坐在自己办公室里的女人从此没有男人。

齐新丽跌跌撞撞跑出学校，消失在那一片烂蜀葵的后边，蜀葵花烂色不烂，星星点点的娇艳。

于国栋眼睁睁看着齐新丽出了学校大门，人愣在那里，身子不敢动。明桂这时从齐新丽的办公室里走了出来，镇定地走了出来。她胜利了，脸上满是笑容，满是得胜令。校长刘培文这时候也出现了，他没看到刚才的那一幕，刘校长还想和于国栋开个玩笑：

"于老师你结婚怎么都不说一声，怕我们沾你书记女婿的光是不是？"

于国栋张张嘴，却没说出话，他不知道此刻是该追出学校，还是该做什么，一切都太突然。明桂那边呢，仗既然已经打完，她决定收兵，她和校长还有学校里的其他教员道了别，"踢托踢托"一挺一挺走出了学校，提着剩下的那半塑料袋喜糖。乡里的黄壳子车在学校外边等着。刘健康在车上睡了一觉，他昨夜打了一夜麻将，早上起来看什么都是麻将的颜色。

学校外边，一阵车子发动机响，于国栋这才回过神来。

"你还不赶快去看看齐新丽？"

站在于国栋身边的季老师对于国栋小声说齐新丽到湖边去了："要是跳了湖你可把事弄大了，你不看看齐新丽的脸色都成了什么样子，一张白纸。"

于国栋不说话，看看季老师，心里却明白了，明白自己的处境，明白自己的身份，明白自己现在已经是李书记的女婿了。明白自己要是追出去事情就会弄得更大。他更明白怎么对付女人，也明白齐新丽是个什么样的女人。她会死吗？她才不会轻易地去死，至少齐新丽这样的女人不会轻易去死，在性方面太贪的女人会死吗？她可以到处找到那种被喘息托起来的欢乐。于国栋很知道女人，就像一个农民知道地里庄稼的品种，一般不会出错。

"我是有媳妇的人了,要去你去!"

于国栋黑着脸,冷冷地对季老师说,反身进了办公室,把门砰的一关,再没出来。

九

齐新丽身上禁不住一阵阵地发冷,她跑到了学校西头的八一湖边。

太阳已经快落了,湖面上满是浮光耀金。那耀眼的波光,一下子让齐新丽头脑清醒了起来。这真是一件怪事,一个人,被一件事弄糊涂了,恍恍惚惚的,就在这种时候,一旦换了新环境,人有时候就会产生一种梦醒般的感觉。跑到湖边的齐新丽就是这种感觉。她眯着眼,沿着湖往北走,北边靠湖边有一个看湖的砖头房子,好长时间已经不住人了,窗和门早就没了，只剩下一个房子的空壳。齐新丽和于国栋在这房子里做过爱。是一个下午，于国栋和齐新丽拥抱着，那天热得厉害，抱着抱着就不行了，于国栋说自己受不了了，再坚持人也许就要废掉了，往后无法传宗接代了。齐新丽就"咯咯咯咯，咯咯咯咯"地笑了起来。两个人便做起爱来，在那里抽枝展叶、风起云涌、腾云驾雾。他们后来索性站着做，以这种姿态做爱让于国栋觉出一种新鲜感。在这间房子里做爱有一个好处就是可以听到周围的动静，无论从哪面走过来人，他们都能听见。无论从哪面走过来的人他们都能看到。从这间砖房子的窗子那里，还可以看到湖上那个小岛。"好啊，还可以看风景。"于国栋两眼望着窗外，身子在动，快感让他越动越快。这时候，湖上有两个人在游泳。齐新丽一边随着于国栋做着身体的舞蹈，一边说湖里那两个人死也想不到有人在这边的房子里干什么。齐新丽的话让于国栋更开心，他就笑了起来，做那事是不能笑的，所以他们很快就结束了。

齐新丽坐在这间破砖房子里，想到了这些闪闪烁烁破碎的细节。

天黑了，星星从暗里跳了出来，这星星有些怪，怎么划来划去，好半天，齐新丽才明白是萤火虫。让齐新丽想不通的是于国栋怎么会和那样丑陋的女人结婚。想到后来，她痛苦地笑了起来。要是明桂漂亮，她倒会受不了，问题是，于国栋的这个女人简直就是个怪物，太丑陋了。这又让齐新丽觉得开心，明桂的丑陋，好像让齐新丽得到了一些安慰。这真是一种奇怪的感受。她这会倒不生于国栋的气，倒有些可怜他，因恨而生出的可怜。"怎么回事，于国栋怎么会给自己娶这样一个丑女人？"齐新丽坐在那里，做着各种分析，想找出答案，后来她觉得连自己都给分析糊涂了。

"于国栋，于国栋，好你个于国栋！"

齐新丽在心里咬牙切齿，一声一个于国栋。

齐新丽忽然又笑了起来，于国栋到底怎么了？怎么娶了那么丑的一个女人？

哭一阵，笑一阵，时间一点点过去，齐新丽从那破砖房子里出来的时候，发现不远的地方，一个人在那里站着，个子矮矮的，是学校里的季老师。她是从身形看出来的，她走过去，果真是季老师。齐新丽一下子十分感动，忽然忍不住又哭了起来，一下子，不管不顾地趴在了季老师的肩膀上。齐新丽的举动弄得季老师很冲动，差点管不住自己，季老师在暗中抬抬手，还是放下，把手轻轻放在齐新丽的肩上。

夜里的风更大了，落叶一片一片打在他们两个人的脸上，有那么点疼，有那么点痒，恰像他们此刻的心情。

季老师把齐新丽送回了宿舍。宿舍门口的蜀葵黑乎乎的像人在那里站着。

在宿舍里,齐新丽哭完了又笑,喝一口季老师给她倒的开水,把水杯在手里握着,她的双手是冰凉的,她问季老师:

"你说,于国栋怎么会娶那样一个怪物当自己的老婆?为什么?"

季老师没回答她,站起来,出去了一下,回自己的宿舍取了本书。就是那本他和于国栋看了又看的《红与黑》。季老师要齐新丽自己在这本书里找找答案。

"答案都在这本书里了,这本书里就有一个于国栋,你不信找找看。"

齐新丽以为书里夹着于国栋的照片,说:

"他给我的照片我都要扔进厕所!"

季老师忽然笑了起来,嘴扁扁的,眼睛细细的,他对齐新丽说:

"这本书你好好看吧,他们都姓于,一个叫于连,一个叫于国栋。"

季老师笑着,看着齐新丽。季老师的笑容让齐新丽很不自在,齐新丽的脸在灯下忽然红了起来。

"你和于国栋的事我可是什么也不知道。"

季老师忙摆摆手,他简直是语言学家和心理专家,这一句话顶得上一百句,这句话真是说得既到位又入木三分,又能把对方一下子点醒。季老师就是要齐新丽心里知道她和于国栋之间发生的事他都知道，季老师不愧是教语文的，对语言把握得很好。

齐新丽的脸更红了，她忽然恼了，说：

"我就是和于国栋吹了，也不会嫁给你。"

季老师的笑容还在脸上，甚至笑得更加灿烂：

"别人也未必要娶你，你着什么急？"

齐新丽不再说话了，好半天，她才又说：

"季老师，你说，于国栋怎么会娶那么个怪物当老婆？"

这句话，在短暂的时间里齐新丽翻来覆去在心里不知问了自己有多少遍。季老师也已经回答了她。

"你说，就为那怪物的爸爸是乡里的书记？"

齐新丽又说。

"那你说呢？"

季老师还是那样笑着，看着齐新丽。

"我要让于国栋不得好死。"

齐新丽说要让于国栋出丑，要让于国栋在学校里待不下去。

"你以为于国栋会在学校待下去？他找明桂为的是什么？就是为了靠她爸爸出人头地，你以为学校是天堂？"

季老师一句话说得让齐新丽从头凉到脚，整个人好像正一点一点沉到冰冷的水里去。

"我要是让他走不成呢？"

齐新丽说自己一句话就可以断送他的前程。

"你有什么办法？就因为，你们……"

季老师笑着，有几分调侃，又有几分挑逗，他看着齐新丽，觉得此时正是乘虚而入的好机会。

齐新丽也不知道自己能有什么办法，抬起手把头发重新扎了一下：

"那么丑的女人他都要。"

齐新丽觉着这个于国栋也真是太差劲了，但她要报复。怎么报复呢？于国栋娶了那样一个怪物已经是对于国栋的报复了，再要报复，轮到的应该是明桂。不单是齐新丽，也包括季老师，虽然他曾经是于国栋和明桂的介绍人，但连他也不知道明桂是怎样进的于家门。"我要让那个怪物倒大霉！"

齐新丽用皮筋把头发弄好了，眼泪却又流下来。

季老师又给齐新丽拿了手巾，帮她擦泪，把她适时地搂在自己怀里，一面要她不哭，一面要自己不要太冲动，却把齐新丽越搂越紧。齐新丽的头发有一种气味，近似于芹菜叶子，清新好闻。

"你想干什么？"

齐新丽挣了一下，只轻轻挣了一下。

"你闭上眼猜猜?"

季老师笑嘻嘻地说。

"我要气死那个于国栋!"

齐新丽只用了两个字"那个",已经拉开了距离。

"那你就用我气死他好了。"

季老师说,用力了。

"你这也太快了吧?"

齐新丽一下子跳开来。

"你就用我气他吧,没关系。"

季老师是个最善于挖掘语言意义的人,这样说话,倒好像是对齐新丽的一种献身。

十

明桂在于家住下了,一切都平静了下来,在这个世界上,就没有平息不下来的事情。

转眼已经到了北风吹吹雪花飘飘的冬天。于家现在上上下下似乎都承认了明桂的存在。于国栋的妹子于国凤已经去联校上了班,于国凤高中毕业在家里待了整整两年,现在终于有工作了。于国凤调工作的事让于家全家老小都不敢小瞧明桂,这么大的事,明桂轻轻松松搞定做了,这让于家的人感觉到了明桂的分量,毕竟是李书记的闺女。明桂做这种事,其实更像是在那里织一张肉眼永远看不到的网,是那种透明的尼龙网,这张网让于家那些大大小小的鱼儿都无法提防。她要把于家的鱼儿一条一条全打到自己的网里边。只有这样,明桂认为自己才能在于家把地位巩固住。明桂也知道要想把于国栋死死抓在手里,光有一张网还不行,对付于国栋她需要的是一个钓钩,这个钓钩她已经准备好了,她要把于国栋死死钓住。把于国栋钓到手里,风光的其实是她明桂自己,明桂现在心里是骄傲得了不得:"别看我丑,我的男人却是最漂亮的。"这是明桂心里的一句话。自从和于国栋住到一起后,每当她看到一个漂亮女人,心里就总是在说同一句话:"别看你们漂亮,别看你们漂亮,别看你们漂亮!"

"明桂,漂亮有时候可不是什么好事。"

明桂的父亲,乡里的李书记这天对自己的女儿说。

"我要把他死死攥在我的手心里。"

明桂说不单是于国栋,而且,要把他们全家都攥在手心里,让他们都动弹不得。

"我问你有什么本事?"

李书记对自己的女儿说。

"你就是我的本事。"

明桂说,坚定地看着她的父亲。

"你给他们家做事也做得不少了,你得有个法宝。"

李书记又说。

"你就是我的法宝!"

明桂又说。

"不对,这可不是五年六年的事,是一辈子的事。"

李书记是个人精,什么没见过,什么没听过,他看着自己的女儿,看着自己怪物一样的明桂,从心里发一声长叹。

"这种事,要想好,只有一个办法,就是让于国栋老老实实当一辈子老农民。"

"那不行!"

明桂说我还有儿子呢,我肚子里的儿子呢,我要让他好,让他比谁都好。

李书记看着明桂,不再说什么,他当然要给明桂使劲,当年可能自己使劲使得不是地方,把明桂使成个这模样,现在他要使劲,要让明桂成为于家的救世主。

这天,明桂从娘家回来,满脸的喜气,她有时候也藏不住话,一碗饭端在嘴边,她的两只眼却在于国栋的脸上闪闪烁烁。

"吃饭,吃饭。"

于国栋说看什么看,我脸又不是饭。

"你也不问问我为什么看你?"

明桂笑着说你现在吃的是米饭,你就不问问下一碗饭要吃什么?

"什么意思?"

于国栋听出明桂的话里有话了。

"你猜猜。"

明桂说你猜猜有什么好事等着你?

"我不猜!"

于国栋说有什么好猜的。

"不是好猜的,是猜好的!"

明桂告诉于国栋,她爸爸决定了,要把他这个女婿正式调到乡党办当主任:

"先当副主任,过一阵子再提正。"

于国栋嘴里正含了一口饭,赶忙咽下,差点噎着。在这之前,明桂没有对他透露过一点点消息,这也太突然了。明桂办事,从来都是这样,这是机关养成的一种作风,或者就是明桂的作风。

于国栋看着明桂,要她再说一遍,怎么回事?

"已经定了,他走,你去。"

明桂说党办主任王光彩马上就要重新安排,据说要去矿上。党办主任就由于国栋来接替。

"先让你当两年副的,两年后再提正。"

出了学校的那件事之后，于国栋一直没有再回学校，而是被乡里暂时借调到乡党办写材料，这是李书记的安排，更是明桂出的主意，她就是要让于国栋和齐新丽连面都见不着。于国栋当然明白到乡党办写材料是上了一个台阶，但他没想到会接替党办主任的工作，这简直让他喜出望外笑逐颜开。于国栋想起了"乘龙快婿"这四个字，心里马上开出一朵花来。但再一看灯下的明桂，心里的这朵花就马上变成了一粒怪味豆，甜不甜，咸不咸，麻不麻的。于国栋看着明桂，心里既是百感交集，又是百味杂陈。

"这你还不高兴？"

明桂说国栋你想不到吧。

于国栋只能说高兴：

"那还能不高兴？"

"你高兴就行，下午叫车，咱们进城。"

明桂说。

明桂着意要于国栋高兴，有那么一点讨好的味道，明桂认为这就是加深他们夫妻间的感情。这天下午，明桂特意去给于国栋买了一身深灰色带条纹的西服。说在党办当主任，虽说暂时是个副的，也要穿个气派。明桂说还要再给于国栋买一双皮鞋，三接头的那种。于国栋这天心情也特别好了起来，态度也转变了，对明桂居然有了柔情似水的味道，也不怕和明桂一起出现在公众场合。高高隆起的大肚子让明桂现在不敢再穿那种很高的鞋子,那样太危险。她现在穿了一双平底鞋,人就一下子显得更加矮了。整个人好像都在往下坠,要坠到地平线下边去。于国栋和明桂去商店买东西,上台阶的时候,于国栋甚至会伸出手掺一掺明桂。明桂和于国栋无论出现在什么地方,总是会引起人们的注意,这是漂亮与丑陋对比的效果,强烈而刺激人。这让于国栋在心里感到不舒服,让他想到齐新丽。他已经很长时间没有见到齐新丽了,他不知道齐新丽现在做什么,当然更不知道齐新丽和季老师之间发生的事情。明桂安排下的美丽的钓钩终于朝于国栋甩了下来,于国栋的眼睛都发亮了。他觉得自己以前的想法还是对的,李书记的女儿就是李书记的女儿,有李书记女儿的价值。

原来那个党办主任王光彩很快就被调到一个煤窑去当了矿长,这样做,是皆大欢喜,这个位置动得谁也没话可说。党办主任王光彩早就想走了,想去挣钱,钱是实实在在的东西,在这个世界上再也没有比钱更实在的东西了。王光彩走之前请了客,李书记和乡里的一帮干部都去了,当然还请了于国栋。席面自然很丰盛,虽然过了正经吃螃蟹的时候,但还是上了大个儿的红红的尖脐大闸蟹,大闸蟹让席面横扫千军如卷席,餐桌马上变成了垃圾堆。人们乱吃一通后又掀起了一个酒的高峰,玻璃杯子欢乐地响了起来。

"女婿,咱们喝一杯。"

王光彩站起来,有些晃,他要和于国栋碰一杯。

"谢谢谢谢!"

于国栋很兴奋,一杯酒四个谢字。

"女婿,你好好干,你比我有前途。"

王光彩的脸红而亮,特别是他的两只招风耳。他拍拍于国栋的肩,又补了一句:"好好干,你的条件比别人都好,在这乡里谁也比不了你。"

王光彩的话让于国栋兴奋不已,于国栋趴在王光彩耳边说往后当然少不了要找王矿长的麻烦,比如报个条子什么的,还有,党办的工作也少不了要请教。

王光彩一把搂紧于国栋,说:

"你岳父就是肯帮人,你肯找我帮忙,就是给我报答的机会。"

"我岳父就这样,喜欢帮助人,爱才。"

于国栋被王光彩搂得有些不自在,笑着挣开了,说。

于国栋的话让王光彩在心里觉着好笑,心里说你小子才当几天女婿,你知道个屁!你岳父只认识钱,钱少了还不行!你岳父是什么东西,是个搂钱的耙子!是上级领导瞎了眼,要是睁开眼的话,早该枪毙!王光彩和乡里的许多人一样,在心里实际上是痛恨李书记,对于李书记的女婿于国栋则是小瞧,这么帅气的小伙,明桂又是那么个鬼都不肯操她一下子的怪物,于国栋图的是什么?这样做就是要让人瞧不起,或者,简直是让人心疼。许多人都在心里怎么想,但还是都过来给于国栋敬酒,嘴上一口一个女婿,心里却在说:你他妈于国栋靠鸡巴打天下还算什么好汉!乡里的人现在都称呼于国栋"女婿",听上去亲切,骨子里却戏谑不敬。于国栋对"女婿"这个称呼很反感了。但人们还是"女婿、女婿"地称呼他。

  于国栋现在有一步登天的感觉,他要让自己在人们的面前树立起一种崭新的形象,那副在北京配的变色眼镜他也不戴了。他第一步想先把乡里的那一帮干部笼络住,他已经为自己下一步提拔做准备了。所以,于国栋也马上请了一次客,被请的人看在李书记的面子当然买他的账。于国栋适时地显示出了他的好酒量,和桌上的人一个人一个人地喝过去。以前党办是个穷科室,办公费少得可怜,蓝格子稿纸都要一张一张数着用。于国栋过来后便马上变了样子。他下去,下到他岳父管的小煤窑找了些小钱,这很容易。他甚至都不用去找王光彩。愿意巴结于国栋的人大有人在,巴结他就是巴结李书记。有了钱,什么都好办。于国栋把党办的办公用品都换了一新,还组织大家下去旅游了一趟,去了一趟北京附近的龙庆峡,玩得大家都很兴奋,照了许多照片,当下就洗出来传来传去看,上边有山有水还有许多笑脸。在龙庆峡旅游的时候,那天大家一起吃饭,桌子上有许多树叶子菜,柳树叶子、榆树叶子、杨树叶子,都腌得酸酸的,算是延庆的著名小吃。喝过几杯酒,于国栋站起来,宣布了一条纪律,那就是,从今往后谁也不许再叫他"女婿":

"咱们是工作单位,又是政府机构,这么叫太不严肃。"

桌上有人想笑,却不敢笑了,装着互相夹菜让酒。党办小刘真是识趣,左右看看,第一个改了口,举起杯子来,说要敬于主任一杯酒。

"好好好!"

于国栋的脸上马上吹皱一池春水,举起杯子,把酒一下子干了。别的人,也"于主任""于主任"地叫着起来敬他酒。于国栋是什么酒量,笑着和大家喝,还说:"这么叫就对了,这是机关规矩。"人们想把于国栋灌醉,但他们哪是于国栋的对手。喝到最后,于国栋又给大家倒上,然后把杯子端起来,说:

"我这个当主任的最后再敬大家一杯,希望大家支持我这个主任。"

"不行不行,这一杯,怎么能让于主任敬我们,我们再集体敬一下于主任好不?"

党办小刘最会看风使舵有奶就是亲娘。于是大家又响应了一下,都站起来,玻璃杯子一片响,叮当满耳。于国栋笑得很灿烂,这是他和明桂结婚后最高兴的时候,是春风得意。

在回来的路上,大家坐在车上,出了一个小插曲。因为这次出来于国栋把妇联和共青团的都带了出来,当然明桂不在。天气还热,妇联的小黄给大家发矿泉水时,也不知是忘了于国栋说过的话还是故意要显示她的妇联身份,她把一瓶矿泉水递给于国栋,说:

"女婿,喝吧。"

于国栋只用手一拂,那瓶矿泉水便被拂到了地上。

小黄脸红红的,又把矿泉水捡了起来,再一次递到于国栋的手里。

"不喝!你先说好了,谁是你的女婿。"

于国栋十分生气。小黄给吓得退到一边去,不敢再说什么,脸红红的,看着车窗外。

"告诉你,在机关,我是于主任,不是什么女婿!"

于国栋脸黑黑地对一车人说。

车上的人都不敢再说话,一路上都不敢再多说什么。于国栋也不说话,脸上秋风扫落叶一样有一种严厉之气,车窗外的山山水水都已经变了颜色。后来,党办小刘又送过来一瓶矿泉水,坐在他旁边咬耳朵,格外媚气:

"于主任你真是不知道,还是假不知道?小黄是区武装部黄部长的妹子。"

于国栋一愣,他还不知道区上武装部有个姓黄的部长,他毕竟刚刚到乡里工作。

"就那个黄部长,胖胖的,鼻毛很长……"

党办小刘用手在鼻子边比画了一下。

"去去去,这我还能不知道。"

于国栋忽然又笑了,说她小黄是我老婆手下的兵,我还能不知道?黄部长那天还请我吃饭了。于国栋说自己今天是喝多了。

"于部长喝多了,喝多了,咱们大家唱一个歌吧。"

党办小刘站起来说。

车上的人轰的一声笑了起来,连于国栋也笑了。

"我是主任,多会儿又成了部长了。"

于国栋说。

"不会用很长时间,当部长对于主任说还不是一盘小菜。"

小刘的话,让于国栋听着真是舒服。

于国栋说这次咱们出来玩得高兴不高兴啊。

车里的人一齐说:

"高兴,太高兴了——"

十一

　　下过了这年冬天的第一场雪,树叶都落了。
　　天气一天冷似一天。明桂的肚子一天比一天大。
　　明桂和于国栋的关系稳定了下来,但稳定并不见得就好,这样的关系会让人渐渐麻木,明桂当然不希望日子过成这样,她希望自己能够给于家的生活掀起一个又一个高潮。自己在这一个又一个高潮中慢慢光彩四射,慢慢把自己的地位牢牢巩固住。明桂又有了新的计划。这天,明桂对她父亲忽然提出来要搬到乡里来住。明桂对她父亲说自己的身子一天比一天不方便了，离家近了也好。明桂的父亲想知道明桂怎么会突然有了这个主意？怎么会想到搬到乡里住？

"又有什么事？你就直说。"

明桂的父亲李书记看着明桂，明桂的父亲这几年显老了，头上有点儿秃顶，只有那么一点点，他现在很少喝酒，鼻子里也长了息肉，一边说话一边总是不停地让鼻子发出怪动静。明桂看着父亲，眼睛转了转，还是把她的真实想法对她父亲和盘托出。

于国栋的家里，这几天正为房子着急，于国栋的弟弟于国梁早就找了对象，已经谈了四年，谈来谈去，已经再没什么好谈了，下一步就是结婚，要是再继续谈下去就有两种可能，一种是吹了，一种是二媳妇再一次去流产。但房子呢？于国栋的弟弟于国梁因为长得漂亮对女人脾气就更不好，有爱娇的作风，又爱喝酒，喝了酒就闹事，为了房子的事大闹了几次，把家里的台灯砸了个碎，还把墙上的画和那张上面都是苍蝇屎的地图撕了下来。于国栋的父亲拍着桌子说："既然已经给你买了一辆夏利让你跑出租，房子的事只好慢慢说，你闹到天上也只能先租一套房子再说！"于国梁拍着桌子对他老子说："老大怎么样老二也要怎么样！老大既然没有租房子住，老二怎么就是个租房子住的命？"于家因为房子的事吵了又吵闹了又闹，舅舅来劝说了几次也没有起什么作用。这就给明桂提供了一个机会，再次施展自己的机会，也是巩固自己在于家地位的机会。对她来说，这也是一次重要战役。

"我把我现在住的房子让给他，让他们一家人都说我好。"

明桂对她当书记的父亲说只有这样才能让自己在于家的地位坚不可摧，说一是一，说二是二。

"有我在，还用这。"

明桂的父亲李书记说于国栋的父亲前几天又来找他办事，想给亲戚放煤车。

"能给他们一点好处就给他们一点好处。"

明桂坐在那里，看着自己的父亲，她即使和父亲说话也是一派妇联主任的派头，她对父亲说：

"你这么做，到头来还不是给你闺女好处，家里的什么东西到头来还不都是我的？"

明桂是个聪明人。她明白自己只能靠什么？明桂有时候简直是恨死了父亲和母亲，怎么就把自己生成个怪物的样子：

"你不帮你女儿谁会帮你女儿，你女儿能靠这张脸还是能靠这个样子？"

明桂看着父亲。明桂的父亲是从教书的老师做起一直做到乡里的书记，是一点一点做起的，下边的甜酸苦辣他什么不知道。他侧过脸问明桂：

"现在的那套房子上的是谁的名字,这很重要,要弄清楚。"

房本的事明桂知道,她现在住的那套房子的房本用的是于国栋的名字,而且那房本就在于国栋手里。

"这就好。"

明桂的父亲李书记说如果这样就好办:

"房子给他们于家老二住,但房本可不敢改了名字。做事要往长远了看,世道总是不停变化的,虽然是亲弟兄,一天不改房本的名字,那房子一天就是你的,一天不给他,他就得一天被你牵着鼻子走。永远不办就可以永远牵着他的鼻子,往后会发生什么事谁也不知道,亲兄弟有时候就是仇敌。"

明桂的父亲李书记十分精明,说话容易激动,一激动,嗓子就尖锐起来。

明桂早就把这事想到了,她想不到父亲和自己想到一块了。

明桂的父亲李书记在乡里有三套房子,他就把一套房子给了明桂。并且马上安排人装潢了起来。房子在乡政府的南边,紧靠着明桂父母的家。明桂的父亲李书记也想过了,这样也好,可以互相照顾。只不过明桂的父母现在住的是小二层,孤零零的一个小二层,四周都是果树,很气派。而明桂的房子是小二层下边的一个小院，里边既有暖气又有上下水。站在明桂父母靠北的窗前可以看到这个小院里的一切动静。小院的东边就是条河，河里船来船往，河边杨柳依依。这地方又靠近公路。房子是三室一厅，前边和后边都有一个院子，乡里的地皮毕竟大，这种房子在城里一般人是不敢想的，前后院子到哪里去找。房子已经盖好好几年了，前边院子里种的玫瑰已经很高了，后院里种了一株榆树，这地方讲究后院种榆，是"后边有余"的意思。

明桂先去看了看房子，虽然她以前就看过这套房子。然后才在吃饭的时候把这件事告诉了于国栋，于国栋激动得差点被鱼刺卡了嗓子，把一口饭都吐在手上。

"我娶你算是娶对了！"

于国栋高兴了，把殷勤使出来，忙给明桂夹一筷子鱼肉，又把鱼头夹给明桂。明桂还有更大的惊喜给于国栋，她对于国栋说这么做是为了把现在他们住的房子腾给老二：

"省得老二于国梁为了房子天天闹事。"

但明桂要于国栋先不要把这事告诉他的家人：

"到时候再给他们一个惊喜。"

"你说的是真话？"

于国栋倒有些不相信，筷子悬在半空。

"就这么办。"

明桂慢慢咽下一口饭，又慢慢喝一口汤，完全是批准的口气，妇联主任说话向来是这样。

"你爸同意？"

于国栋现在是一天比一天觉出明桂的好了，也觉得自己是找对了，好处一样一样跟着来。他看着明桂吃饭，看着明桂把一根鱼刺吐在筷子上，然后再把鱼刺慢慢磕在桌上。

"这事就这么定了。"

明桂说，又慢慢吐出一根鱼刺，吐到筷子上，再慢慢磕到桌子上，说房子又不是什么大事，你的前途才是大事。

于国栋自然在心里高兴，吃完饭，催着明桂，马上屁颠屁颠地去看了房子。房子很大，这让于国栋再一次喜出望外，又一次觉得自己娶明桂真是娶到宝了，各种好处之外，又白得一套房子。于国栋又想到了齐新丽，齐新丽怎么能办到这种事？齐新丽只能给自己一次一次的高潮。于国栋两手揣在裤袋里，站在新房子中间，心里想的却是这些，身体不由得有些风起云涌，性的记忆最能唤醒一个人的性冲动。

于国栋把手从裤袋里掏出来，居然抱了一下明桂，说自己现在好像是有冲动了。

这倒让明桂有些不好意思，推开他，把话题马上转开：

"你说房子怎么装？"

明桂要于国栋拿个主意，别看于国栋长得标志，他对装潢的认识却只停留在饭店或歌厅上。他建议要在客厅的顶子上安一溜彩灯：

"晚上看电视的时候开开很好看，华丽一点好，气派一点。"

"现在谁还要彩灯。"

明桂笑着说彩灯也太过时了，让人笑话。明桂不同意于国栋的意见。眼下人们早已经不时兴把房子装得像个歌厅，人们都懂得什么是高雅。明桂要在于国栋的面前显出自己的本领来，过一天，挺着大肚子坐着车亲自去选了槭木板，要原色的，还选了镶嵌的玻璃门，屋子里还要镶石膏线。按明桂的意思，她的家一定要洋气，卫生间里又安了阿里斯顿牌子的热水器，厨房里却安了另一种牌子的。明桂端坐在那里，更像是个肉球，她指挥着，把人指挥得团团转。没人的时候，她就"踢托、踢托"在屋子里走来走去，是个滚动的肉球。她想想这个，想想那个。第二天就又有了新的主意，让工人们马上改动，工人们当然愿意从命，恨不得连个子都要比她低一半。明桂就喜欢这样，坐在那里指东指西。给她做活的是乡里的工程队，都巴不得献殷勤给李书记看，而工程队的头儿原来是李乡长的学生，所以做起事来加倍上心，工和料都不用明桂花一个钱。

由于房子的事，于国栋这几天一直很开心，他还有什么不开心？于国栋两手抄进裤袋在空荡荡的房子里兴奋地转来转去，明桂这个肉球"踢托、踢托"跟着他，告诉他这里做什么，那里安什么。不但这边装，咱们那边也要装一下。明桂这天又对于国栋说反正都是工程队出钱出力：

"给他们个机会感谢一下我老爸，索性两边都装一下。"

"两边？哪两边？"

于国栋一时还没反应过来。

"咱们这边的房和你爸那边咱们的房子呀。"

明桂说还能有哪两边。

"好啊，那还不好。"

于国栋双手一拍，说可惜便宜了老二，要他也出些钱！

"谁要他的钱，他能有几个钱？"

明桂坐下来，说我这么做只要让你们于家知道我是谁就行。

"你是我老婆，你还能是谁？"

于国栋破天荒的，把一只手搭在明桂的肩膀上，看着明桂。

明桂不说话了，于国栋这样的一句话居然让她有那么一点感动。

这天，明桂不在，季老师也陪于国栋去看房子。

工人们在房里叮叮当当地忙着。季老师捅捅于国栋,说:

"你老弟这下子受益了吧?又是工作又是房子,女人和女人是不是一样?不一样吧?一样的是下边,其他方面哪能一样?要都一样就不是李明桂了,你这个女婿受益了吧。"

于国栋马上拉下了脸,自从到党办当主任以来,于国栋有了脾气。

季老师看看于国栋的脸,不再说什么。他很想和于国栋说说齐新丽的事,季老师现在甚至都想和齐新丽结婚,齐新丽让他永远告别了处男阶段,但季老师的心里也很矛盾,一想到齐新丽和于国栋的关系心里就别扭,但季老师要自己想通,那物件一是不会磨损,二是无论怎么用都不会失去什么,季老师在心里要让自己觉得无所谓。但真要一想到和齐新丽结婚他心里又觉得不可以。这中间,毕竟还有个于国栋。季老师在齐新丽身上做健身运动时还总是问"我好还是于国栋好?"齐新丽又总是说:"你拿什么和于国栋比?你这尺寸,最多也只有于国栋一半!"这话让季老师既兴奋又自卑,所以每一次动手做齐新丽的活都很狠,往死里狠。

十二

明桂做事真是有计划,而且说做就做,她让刘源,也就是工程队的头,人长得粗粗拉拉,但对明桂的父亲却是死心塌地。明桂让他把搞装潢的料拉一些去自己现在住的家里,又是木料,又是板子,又是各种装饰物。东西拉到壕沟那边的家,忙忙乱乱往屋里搬的时候,于国栋的父亲出现了。他听到了动静,过来了,吃了一惊,不知道明桂要做什么?

"你这是做什么?"

于国栋的父亲低声问明桂。

明桂说要装房子呀:

"这房子装得不时兴了,再往时兴里装一装。"

明桂和于国栋住的房子就在于国栋父亲的旁边。

于国栋的父亲马上为这事生起气来,认为要装房子也不是时候,但他又不便和明桂发作,明桂现在在于家的地位是任何人都不敢小瞧。

"你也不想想,你弟弟正闹着要房子,你这时候装什么房子?"

于国栋的父亲黑着脸,去找儿子于国栋说话,说你这么做明摆着是在找事!你还想不想让家里安宁!明桂已经盼咐过于国栋了,所以于国栋不敢把事情告诉父亲。只说装房子的钱又不是家里出,老二知道了也不能说个什么?

"你吃饱了在那里打饱嗝,他在那里饿着能不气?"

于国栋的父亲说。

"气什么气?又不花家里一分钱。"

于国栋理直气壮。

"那你去对你弟弟说,把话说清。"

于国栋父亲说。

"也不是花我的,是花人家明桂的,说什么说。"

于国栋又说,他这是第一次用很得意的口气在家人面前夸奖明桂:

"花人家明桂的钱装咱家的房子,国梁有屁话说?"

明桂在一旁听了,满脸都是喜气,更加兴奋地"踢托、踢托、踢托、踢托"一挺一挺走过来,走过去,指挥得更加来神了,要工人把这样放在这边,那样放在这边。于国栋的父亲没事一般不到于国栋这边来,这才发现国栋的家里已经收拾过了,该包的都打了包,该收起来的也都收起来了,装房子的事,居然事先也不和他打个招呼。于国栋的父亲生起气来。看着"踢托、踢托"走过来走过去的明桂,在心里直叫"怪物!怪物!怪物呀!"但嘴上却不敢再说什么。

明桂做什么都有计划和安排,这就是妇联主任的做派。她说什么就要做什么,这天下午,工人就开始拆屋里的旧材料。把拆下来的东西往外扔。都是很好的五合板子,还有天花板,一块一块不当个东西。还有很好的搭架子的方木条子。

"不许扔!"

于国栋的父亲发了火,大喝一声!因为明桂不在眼跟前,他吼似的大喝一声,把那几个工人吓了一跳。那几个工人知道这是于主任的父亲,也不敢说什么,态度奇好,把拆下来的东西又都给搬到于国栋父亲那边的院子里去,整整齐齐放在一起。

于国栋的母亲,披着小棉袄,捂着半个脸也出来看。她现在是只要一激动,脸就要跳:

"要是老二问怎么说？"

于国栋的母亲又十分担心，她怕二小子闹事。

"这又不是花家里的钱，是花人家明桂的！他说个屁！"

于国栋的父亲理直气壮，口气已经变了，甚至是骄傲的。自从明桂成了于家的儿媳妇，于国栋的父亲在朋友和邻居面前觉得自己和以前大不一样了，为什么不一样？就是因为明桂，就是因为李书记是自己的亲家，人们看于国栋父亲的眼光也和过去不一样了，简直是仰着看，像在那里远远看一座山。不少人上门求他办事了，想把这个或那个弄到煤窑上做事，把东西送过来，让他去找李书记说情。过年过节，点心水果居然也不断。

这天晚上，于国栋的父亲喝了几盅自己泡得那种蛇蝎杂混的补酒，坐在那个旧沙发上，脸红红的，把老二于国梁叫了过来。他想训一训老二，说一说老二的对象毛凤，但话到嘴边又变了，倒笑着说：

"你哥那边装潢房子你也知道了，但我要跟你说一句话，你哥他们装房子不花家里一个钱，是你嫂子明桂掏的，所以，你小子趁早别闹。"

于国梁的脾气是没事还要找事，自己的房子没有着落，他哥那边又要装房子了，还是不是他妈的一母同胞了？他妈的！这不是气人又是什么！于国梁的脖子一下子粗了起来，但他不但没发作起来，反而笑了，他父亲的一句话惹他发笑。

老于说："有本事，你也娶个明桂那样的媳妇！"

于国梁哈哈哈哈笑了起来，说了句粗话，从屋子里跑了出去：

"就我嫂子那样子，我害怕我下边硬不起来！"

十三

到了年底,两边的房子都装好了。

刚刚又来了一次西伯利亚寒流,天地都冻得一片晶明。

明桂把一切都指挥得很好,于家老二于国梁为了房子的事闹了又闹,于国栋硬是没有走露一点点风声。天是一天比一天冷,过了冬至,又过了元旦。明桂的肚子更大了,大得让人看了都害怕,怕那个肚子会一下子爆裂,到时候里边那一团肉会横飞出来。明桂现在很少走动,因为外面下了几场雪,那雪又总是消了冻,冻了消,到处都光滑得像玻璃。明桂现在总是车来车去，派头像个大干部，高高隆起的肚子让她有一种从未有过的成就感，尤其是在于家人的面前。那又是一种接近历史感的感觉，好像是，没有她明桂，于家的历史接续还是个问题，现在这个问题终于得以解决了，而让这个问题得以解决靠的是她明桂。不但在这边，在她妈家那边，明桂在心里也是充满了骄傲，因为她肚子里的肉是她父亲李书记的外孙。是她明桂让李书记当姥爷的愿望得以实现。

这天，于国凤陪明桂去医院，去之前，明桂心里还七上八下，就像是刚刚被翻过还没有下种的春天的土地，松松的让人心里没有一点点底，做过了B超，医生告诉明桂肚子里千真万确是个小子。这让明桂心里一下子扎实了，地里的枝枝叶叶都让人看到了！是金黄的麦子而不是稗草！明桂兴奋得不得，但也让明桂担心，医生告诉她到时候要早来，因为她这种体形最容易难产。

回来的路上，明桂给肚子里的孩子取了名字，只有两个字："于明"。

"别小看我这肚子，里边既装着太阳又装着月亮，你们于家的太阳和月亮。"

明桂摸着肚子对于国凤说，骄傲极了。但让她暗暗得意的是这个"明"字是自己名字中的一个字，在这方面，她明桂不能吃亏，既然前边的一个字必须是"于"，那么好啦，后边就是"明"，自己叫明桂，儿子就叫"于明"。

于国栋的老娘现在对明桂的态度简直是一百八十度的转弯，她硬是也让自己想通了。丑是家中宝，而明桂这个宝是货真价实，明桂这个宝的好处就在于能办别人办不了的事。于国栋的老娘开始张罗着给还没出生的孙子做小衣裳，找穿旧了的秋衣秋裤，在院子里张张扬扬地拆了，再张张扬扬地剪成一大块一大块的尿布子。这些事她都是当着明桂的面做，有那么一点献殷勤的味道。虽然天气已经很冷了，她偏又要在院子里坐着，张张扬扬地做了一个大荞麦皮的小褥子。她做这种事的时候心里很愉快。邻居们有再说明桂长得丑，于国栋的老娘会认真地生气，老嘴一撇，半张脸马上乱跳，说你们儿子有本事也找个这样的，看看在这个世界上能不能找到！于国栋的老娘很会说话。她说"你们"，而不是说"你"，听上去会得罪一大片，实际上没有一点点针对性。于老娘又对别人夸耀明桂家的派场："好酒在地下一堆就是一屋子！都是五粮液。"邻居们现在对于国栋家里人的态度和以前也大不一样了，说话也客气多了，也小心多了。离近了怕离太近，离远了又怕太远，就像面对着烧红的火炉子。

"人就是怕见第一次面。"

于老娘这天忽然对儿子国栋说，说现在她看着明桂也不觉得那么丑了。

只这一句话，把于国栋气得差点暴跳起来：

"丑就是丑，俊就是俊！什么第一次第二次！"

"房子也装好了，也快要过年了。"

于老娘问儿子多久搬回来住。于国栋想想，还是没对他娘说什么，他是在等明桂的话，他现在有些怕明桂，是那种隐隐的怕，说不出来为什么。他对明桂一次次说房子的事，一次次说老二国梁又因为房子的事和家里吵了，明桂总是端端地坐在那里说再等等，还不到火候，她就要个戏剧高潮看。"戏剧高潮"这四个字让于国栋的眼皮一跳一跳。腊月底那天，于国栋又对明桂提房子的事，说要是再不把房子的事摊开说了，老二国梁的对象也许真要吹了，毛凤这女人越到过节越闹得厉害。咱们就把房子的事说了吧，也好让他们过个好年，都四年了，再拖，拖到什么时候。于国栋又悄悄告诉明桂，毛凤实际上已经到医院流过三次了，再流也许就没指望了。还告诉明桂就在前几天，老二国梁又和毛凤干了一仗，毛凤的脸都给打青了。

"我看到火候了，你说呢？"

于国栋看着明桂，眼巴巴等着她说话。

明桂坐在那里，手抚着高高隆起的肚子，毛凤到医院流产的事，让她很开心，又让她在心里瞧不起这个毛凤。

"你说到火候了？"

明桂说房子那边确实是也没什么事要再做了。

"那就摊开说了吧。"

于国栋望着明桂的那张嘴,明桂的嘴唇上的汗毛很重,再长下去,也许会发展成小胡子。

"寒流又要来了。"明桂却说起天气的事。

"摊开说吧,你说呢?"

于国栋觉得自己对明桂的态度是低三下四,而且已经低得不能再低,快要贴住地面了,要知道于国栋对女人的态度从来都是高高飞翔,总是在女人们的头上高高飞翔。

"行,可以!"

明桂的眼睛一眨一眨,终于同意了于国栋的意见,她答应了,不,她把决定下达了。但她要于国栋把这事弄得轰轰烈烈。明桂的意思是不能只是说一句话就把房子给了国梁,要摆派一下。明桂说要让人们都知道是明桂把房子让给了于家老二住,不但这样,还给他把房子装了,这种事放在别人身上绝对办不到,只有放在李书记女儿的身上才能办到。

"行了,办吧。"

明桂坐在那里,这个巨大的肉球再一次发了话,这一次,又像是在正式下批示。

"便宜他妈老二了,就先让他住着。"

于国栋倒好像一下子失去了什么,他在心里对自己说:"就先让他住着,以后再说。"以后再说什么呢?这连于国栋自己也不知道。

房子的事情就这么定了，这天乡里要开常委会，于国栋穿着西服，天虽然有些冷，他还打着一条黄色的领带，为了气派，单薄一点也无所谓。于国栋虽说现在只是个副职，但在乡里地位明显很重要，开常委会都要他来参加。于国栋心里轻松了，他对着镜子把领带又整整，面对着镜子，话却是对明桂说的：

"按照我们老家的习气，搬家之前要安桌，怎么吃？都请些谁？你说。"

"这不算什么？"

明桂坐在那里，是安排工作的口气：

"饭菜不要在家里做，所有的饭菜都要让乡食堂里做好送过来。"

这几天，乡食堂里忙得可以，一到快过年的时候食堂里总是要把乡领导家里过年要用的各种扒肉条儿了，丸子了，鱼啦，海参鱿鱼了一样样做好，有些菜甚至要一碗一碗装好，吃的时候上笼一热就可以。明桂要的就是这种让人吃惊的效果。她马上就用电话吩咐了办公室的刘健康，要他到时候用小车把饭菜都送过来。党办小刘现在是于国栋的小跑腿，时时刻刻紧贴着于国栋，说话办事格外媚气，简直就是于国栋身上的一块活泼而好使的小肉。装潢家的时候，明桂让木匠已经做好了两个圆桌面，油得漆光水滑，画满了水纹。用的时候只要架在另一张小桌子上就可以。

"到时候里屋外屋各一桌。"

明桂问于国栋两桌够不够？定了桌，明桂又安排人，到这天，于国栋他们一家坐里屋那一张桌，乡里的刘健康还有党办小刘和司机坐外屋那一桌。

"或者，还可以再找妇联和团委的一齐来凑凑热闹。"

明桂说到时候你也好和他们联络联络感情。

"团委的就算了吧，我看光妇联就行。"

于国栋说太多了就怕坐不下。

"准备四桌，要热闹就好好热闹一回。"

明桂说多准备一桌临时来了人也好有个支应。

明桂说到那天还要食堂给做些玫瑰馅的糕团，不知怎么，怀上于国栋的孩子后她总是想吃玫瑰馅的东西，总是爱闻玫瑰的香气。也许与她刚刚认识于国栋的时候玫瑰盛开分不开？这真是怪事。还有一件怪事就是，明桂总是梦见那个齐新丽，在梦里和自己好得了不得，这就怪了，明桂觉着即使是梦见那个骚货，也只能是吵架，怎么在梦里倒好得了不得，怎么回事？还有一件怪事，就是明桂总是能在于国栋身上闻到一股香气，她没问于国栋，倒是问自己，那香气是从什么地方来的？明桂是心里装事的人，弄不明白的事不会从嘴上溜出去。

明桂打了两次电话，把一切都安排好了。

十四

安桌这一天到了，于国栋的一家人简直就像是参观团，团长就是于国栋的舅舅，于家无论有什么事，总要把他舅舅放在前边。一家人拥拥簇簇到刚刚装好的新房来参观。

于家老二于国梁是个死要面子却没本事而又喜欢夸夸其谈的人，他是那种因为自己长得漂亮而就没头没脑有了某种优越感的男人，这种男人最要不得。于国梁自从这边装潢就赌气没进来过，这倒不能怨他，老二国梁开出租车忙得很。老二国梁是这样子，他那个没过门的媳妇毛凤又是那样子，太咋咋呼呼，嘴唇抹得鲜红，一进门就指东说西，十片手指甲也是鲜红。于国栋的妹妹于国凤倒是常来，也肯做活，装潢完房子，因为学校里放假，于国栋的妹妹过来帮着又是擦又是洗大干了几天，一点活都不让明桂干，自己一双手都裂满了口子，贴了不少白胶布。于国凤以实际行动表示对明桂的感激之情，她确实很感激明桂，这感激之情的上边最近又加上了另一种亲情，那就是明桂肚子里的小东西，一个小侄子，于家的血脉。

　　于家的人进家看了一圈，对房子的装潢十分满意，心里的话虽然没有说出来，但他们又一次觉得当书记还是好，有这个亲家还是好。老二于国梁憋不住露出一脸酸溜溜的相，他又很怕毛凤看到这房子会当下闹起来，便对毛凤赔一百个小心。从进到装好的房子里开始就一直不敢谈房子的事，只是到处找他哥的好烟抽。

　　"你以为在你家，你翻什么翻？"

　　于国凤对她二哥说。

　　"烟酒从来都是不分家，更何况是哥的烟。"

　　于国梁说，把找到的烟拆开，一弹，又一弹，取出一支点起来。

　　"看你那样子就像是没抽过烟，不要脸。"

　　于国梁赖皮赖脸的样子很让他妹子于国凤看不上。

　　明桂端坐在那里，这个巨大的肉球，从于家人进门开始她就一直笑眯眯地坐在那里,她高高隆起就要收获的肚子让她有资格坐着不动,再说这也是她的一贯作风,人多的时候她从来都不站起,避免相形见绌。她坐在那里,眼睛却跟着于国梁的对象毛凤转,像中了电,只能跟上电流打转。这是她们妯娌第一次见面。既然她们都是于家的儿媳妇,能放在一起互相一比高低的也就是她们两个人。所以,明桂十分注意这个毛凤,毛凤长得很好看,个头也好,但可以看得出,这个毛凤没多少城府。明桂在心里说出一句话:"别看你毛凤脸蛋长得好,但你差远了,你算什么。"毛凤也是第一次看到坐在椅子上的明桂,第一次看到这个巨大的肉球,差点放声笑了出来,她对房子一点点兴趣都没有,不看了,索性坐下来看明桂。明桂的样子让她开心,她终于开心了,她最近难得开心,白天在发廊里忙,晚上还要跟国梁一起出车,弄得她一点点都不开心。于家的两个媳妇相比较起来,既然明桂是这么个大肉球,自己当然就是凤凰。这让毛凤忽然很得意,极其浅薄的得意,这种得意让她飘飘然。她忽然有一种冲动,很想让明桂站起来,好好欣赏一下她的怪样子,出出她的丑,同时出出她心里的气,从一进这间屋她心里就开始生气。她觉得不公平,这种不公平的感觉被刚刚装好的房子刺激得一浪高过一浪,简直是钱塘大潮。而且,她好像找到答案了,问题就出在明桂身上,是明桂抢了她的房子。既然明桂一直端坐在那里,从于家的人一进家就没有再站起来。毛凤索性就要明桂站起来出一出丑，但毛凤毕竟经见得太少，底子是发廊里的学徒妹，是于国梁理发的时候手脚不老实一来二去把她生米做成了熟饭。

"嫂子给我递递你身后的相片。"

毛凤说话了，要明桂站起来把她身后书架上的镜框递一下。

明桂是什么样的人，她会用一句话打退对方。

"你是不是想看看我这样子，告诉你，我不高，只有一米四九。"

明桂笑着，一眼看定毛凤，是真正的大方利落。

毛凤防不住明桂会这么说话，脸红了，只好自己站起来取了镜框看。

明桂是做什么工作的？是做妇女工作的，她倒要刺刺毛凤，她笑了笑：

"毛凤你什么时候入洞房啊。"

"还洞房，有个地洞我也要谢天谢地！"毛凤说。

明桂存心要再刺一刺毛凤，说：

"小毛我看你是个有福气的人，还会怕住不上好房子？"

"还好房子，坏房子他有吗？有吗？"

毛凤的嘴重重一撇，一肚子的苦水破堤而出。

毛凤在里边说话，坐在外屋的两个老人都心惊胆战，于老娘马上缩起来的样子。毛凤要的就是这种效果。毛凤说初一初二都是过,初一当然是国栋,那么初二就是国梁。怎么到了国梁这里就要租房子住?又不是旅游团住旅店,住一宿就走。所以她还没有考虑好什么时候和国梁结婚。

"跟你说实话,现在找个男人太容易!"

毛凤激动起来,说话就要渐渐收不住了。

"你们都快相处五年了,感情也不知有多深,深得恐怕要把这房子都淹了。"

明桂笑着,每句话都不离房子,她成心要把毛凤一刺再刺。

"房没半间,他于国梁连蜗牛都不如。"毛凤被激了起来。

于国梁在外屋听到了毛凤的话,马上笑嘻嘻地过来,看看嫂子明桂,再一把搂住毛凤,在她脸上用力啄了一下,说世上能比上他的男人直到现在还没有出现,像他这样全能的男人到什么地方去找?于国梁穿了件黑皮夹克,下边是一双扁扁的黄色牛皮鞋,个头模样样样都好,但就是个草包,现在的男人草包居多。毛凤笑笑,但一肚子的火并不会一下子给笑掉,这是无名火,所以要找到目标才能发泄,她便把话题一下子转到明桂的肚子上,谈论起肚子来。一说就说得过了头,说她们发廊有一个女人的肚子比明桂的还要大,这么大,大得出奇,你猜怎么着，生下个葡萄胎。

"一大堆，满地，就像是葡萄。"

毛凤夸张地说，两只手张着，比画着。

明桂的脸色一下子就变了，把手放在自己的肚子上。

坐在外屋的于老娘的脸色也变了，直看于国栋的舅舅，她想不到二媳妇会这样说话。

明桂已经很快就把自己的愤怒收了回去，这就是当妇联主任历练出的功夫，明桂笑着说只有有本事的女人才会给自己生出个葡萄胎，她没这个本事，问题是她不是葡萄架。

明桂开了个玩笑，对毛凤说：

"你是不是想吃葡萄？"

毛凤张张嘴，倒不知道该怎么说，连她自己都觉得说离了谱。

是乡里送饭菜的人打断了她们的谈话。刘健康和党办小刘，满头是汗，把一盘一盘一碗一碗热腾腾的菜从车上弄到屋子里再摆到桌上。这就是派头，于家的人还未曾见过这种派头。大鱼大肉他们见过，但直接把饭菜做好让专车从乡食堂送过来他们还没有经见过。里屋先摆，桌子上摆满了，外屋再摆，菜是八凉八热，有牛肉鸡肉和海参，这也就可以了。饭是烧卖和包子，还特地炸了些玫瑰馅糕团。饭菜都热气腾腾的。刘健康和党办小刘都想要把殷勤表现到优秀的水平，一点点事都不要于家的人来做。扣着盘子的饭菜也靠他们的手一个接一个被掀开,香气和热气一下子在屋子里弥漫开。像节日里猛地放了烟火,夜空被照耀得要多么灿烂就有多么灿烂。明桂那天说对了,许多没被请的人也来了,准备了四桌,人多的还是坐不下,又在每张桌子旁多加了几把椅子。

"国栋还没回来?"

于国栋的父亲这时想起儿子了,问明桂。

"乡里今天开常委会,研究干部。"

明桂情绪已经遭到了破坏,脸上不怎么显,心里已经不自在:

"咱们先吃,不必等他。"

于家的人里里外外坐了,于国栋的父亲执意要让刘健康和党办小刘坐到里屋,还有于国栋的舅舅,他和于老娘坐到外屋去。怎么说都不往里屋坐。结果就这么坐好了。里边是于国栋的舅舅和他弟弟妹妹,还有明桂和毛凤,再加上刘健康和党支部办小刘,整整七个人,外屋是于国栋的父母和司机,还有妇联团委和临时出现的客人。明桂在那里端坐着,穿着一件大红的羊绒开领,明桂穿衣服有一个特点,就是既然街上买不到适合她的衣服,她就总是买最好的料子自己来做,料子质地总是最好的,而做工往往就差了些。这总让人觉着怪,会禁不住发问:那么好的料子,怎么会是这样的做工?明桂始终坐着没动,人多的时候,就是不怀孕,她也不会站起来,坐着让她有一种平等的感觉,站起来像什么话,一下子就比别人矮一大截子。明桂心安理得地坐了主座。看别人喝酒,一张张脸都由于喝酒渐渐红了起来。办公室的刘健康出去敬了于国栋父亲一杯酒,党办小刘也学着出去敬了一敬。于国栋的父亲酒量有多好,反过来又敬过办公室的刘健康和党办小刘。党办小刘受宠若惊了,这家伙不愧是于国栋身上的一块小肉,站起来,格外媚气地说:

"老爷子喝半杯我喝三杯。"

明桂坐在那里,没吃多少,只吃了一点点蔬菜,毛凤的话让她连一点胃口都没了。毛凤喜欢吃肉,吃得高兴起来,眼睛一眨,不知是好心还是坏心,非要敬明桂一杯。明桂早已觉着索然无味了,甚至觉得自己都对不起自己,自己居然要把这房子让给毛凤这样的女人。明桂说自己不吃也不喝了。而且是,第一次,当着众人从椅上站了起来,这个巨大的肉球要离席了。于国梁看看嫂子明桂,很吃惊,因为他心里早有数,他哥国栋已经把房子的事悄悄告诉他了,吃饭的时候,明桂就要宣布把新装好的房子给他住,出了什么事?于国梁不知道出了什么事。

于国梁看看毛凤,对毛凤说:

"毛凤,你喝一杯,嫂子会有好东西给你。"

于国梁把话说了出来,明桂是多么精明的人,看一眼国梁,马上明白了,只好又坐了下来。

"什么好东西?"

毛凤看着明桂,心里想会不会是一枚金戒指?她知道明桂出得起,别说一枚金戒指,更多的好东西她也出得起。人类更多的妒忌是从羡慕里脱胎而出的。

"什么好东西,还不是你爸贪污的!"

毛凤在心里又说,看着明桂,两眼笑着。

"喝一杯不行。"

明桂也笑了笑,她要收拾一下毛凤了,她要刘健康把十杯酒都倒在一个大玻璃杯子里。这有什么意思呢?明桂一边这么做一边在心里已经索然无味,这么做又有什么意思?一点点意思都没有。但她还是说了:

"毛凤要是把这杯酒喝了,这新房子就是你们住了。"

屋子里一下子静了下来,人们都看着明桂。

"毛凤要是把这杯酒喝了,这新房子就是你们住了。"

明桂把这话又说了一遍,说话的时候她没有看毛凤,明桂对毛凤不屑一顾。

出人意料的是毛凤,一个浅薄的人,想按捺住自己的激动,往往会言不由衷,毛凤先是一愣,然后是眼睛一转,说了句极不近情理的话,她说:

"你们住都住过了,照理说也不能算是新房子了。"

"那又怎么样!操!你别高兴糊涂了!刚刚装过,和新的一样。"

老二国梁马上打断了她的话,在下边踢了毛凤一下。

最兴奋的是于老娘,半张脸飞快地跳跃起来。这件事对于家可是太重大了。于国栋的父亲也想不到会有这事,马上从外间屋端着杯子坐了过来,他想不到明桂会把房子收拾出来让给老二住,这太让他激动了,人家到底是李书记的闺女。

毛凤这时兴奋得已乱了方寸,更加言不由衷,她对明桂说:

"再装也是旧房子!"

这话让于国栋的父亲动了气,说:

"你这是放狗屁!"

于国栋的父亲两眼看着儿子国梁,话却是说给毛凤听,这哪里是公公对儿媳说的话。

"人不能不知道好歹!"

于国栋的舅舅也说话了,他实在有些看不惯于国梁的对象毛凤。

明桂想不到会这样,这效果好极了,巨大的肉球发出了咯咯咯咯的笑声。

"你俩还不快谢谢你明桂嫂子。"

于国栋的父亲几乎是黑着脸说。

"喝就喝！"

毛凤是太兴奋了，也不计较别人怎么说了，她原是个粗人，在发廊里什么粗话不听一两句，什么地方不被别人摸一两把，无所谓，她把那一大杯酒一下子都喝掉，呛得咳嗽起来，然后拉着于国梁开始看房子。两个人这回是真正看房子了，看得很认真。

两个人后来跑到了卧室，抱在一起，兴奋地滚在床上。

"你别说，人丑就是有丑的好处。"

于国梁说。

"丑是家中宝，你哥可娶了个宝。"

毛凤说。

"说到底，我哥是娶了个好岳父。"

于国梁说。

毛凤一下子就没话了，她的父亲是个劳改犯，一直在劳改农场种地。

外边的人们，还在热火朝天，每桌又开了一瓶酒。于国梁这边却悄悄从里边插了门，"啪嗒，啪嗒，"脱了鞋，两只白袜子一晃一晃上了床，对毛凤说：

"他们吃他们的，我们忙我们的……"

十五

明桂疼得死去活来,连手指上都是汗,她住院已经第二天了,孩子还是不肯出来。

外面北风呼号,病房外边的那几棵树从树梢到树干都在动。

大夫们对明桂说一切正常,要她不要怕:"生孩子这种事是瓜熟蒂落,想留在肚子里都不可能。"明桂在临产的时候好像是更丑陋了,躺在那里,被子被顶得高高的,一张黑脸上到处都是蝴蝶斑。

于国栋只来看了一次，坐了一下，明桂的样子让他觉得十分丢脸，临产的明桂更像个怪物，更加丑陋。说心里话，明桂也不愿让于国栋多看自己一眼，她倒不在乎让别人看，就是怕让于国栋看。她要于国栋走开，让于国栋去忙自己的事，她说她没事，天底下哪个女人还不生孩子。于国栋只坐了一下，对明桂说乡里太忙就没再来过。于国栋在心里问自己这样做是不是太残忍？但明桂的样子实在是太难看了，于国栋不愿让医院里的人知道这怪物就是他的老婆。

"你去吧，学校放假你也没事，你去照顾照顾她。"

于国栋对自己妹妹于国凤说，毕竟，明桂肚子里怀的是他的骨肉。

"我当然不会不去，嫂子怀的是咱们于家的骨肉。"

于国凤对她哥哥说，她很强调"嫂子"这两个字，这是在强调地位。她还对她哥说人的模样好不如心好，"人要的是心，脸有什么用？"于国凤还说了一句电影里的话：

"漂亮的脸蛋儿又不会出大米！"

于国栋对他妹子笑了笑，说：

"那你试试，找个丑女婿给我看看？"

"丑怕什么，只要心好就行，一百个漂亮脸蛋也不如一颗好心。"

于国凤的话里有骨头，在学校里，她已经听到了他哥和齐新丽的事，这让她很不舒服。

明桂住院的第三天是大年初三，窗外又大雪飘飘，和雪片一起落下来的还有树上的黄叶。医院里很寂静，又很冷，为了节约开支，医院里在过年前后干脆就不怎么送暖气。人们都去过年了。明桂的父亲李书记这天来了，马上把医院的人叫来放声臭骂了一顿，要他们马上给病房送暖气，又让乡里马上送过来一张支票，支票上开了一万，连明桂住院的花销加上李书记答应医院的买煤钱还富富有余。

护士把明桂推进了手术室，院方认为明桂不得不做剖腹产了，要不做剖腹产，大人的生命就不好说了。别看明桂丑，但她毕竟是乡里李书记的千金，出了事，李书记动怒谁也担当不起。剖腹产做得很成功。明桂的肚子里，是一个八斤重的小子。

于国凤一直在明桂身边守着，又是给她擦汗，又是给她喂水，又是给她在小电炉子上炖嫩鸡蛋，一口一个嫂子。她现在真是从心里可怜自己这个怪物样的嫂子，倒是对二嫂毛凤看不上。她觉着明桂真是可怜，一个心地这么好的人，偏偏就长成了这样，正是因为人人都要嘲笑明桂，所以于国凤在心里偏偏要对明桂好。这种想法或者可以说是感情一旦在于国凤的心里扎下根，先就让于国凤自己感动。她要让自己对明桂的好加倍地表现出来。这个好是要用对比才能显示出来,怎么对比呢?对比物就是于国凤的二嫂毛凤。于国凤作为小姑子有这个权利,可以表现出对毛凤的不理睬,也可以表示出对毛凤不敬。她就这样做了,比如明桂和毛凤都在场的时候,她可以给明桂倒一杯茶水,却可以不理毛凤。吃饭的时候,于国凤可以把盘子里的鸡腿夹给明桂,却不理毛凤。说话的时候,于国凤对明桂一口一个嫂子,却从来都不肯张嘴叫一声毛凤。"贱货!"于国凤在背后这么叫她的二嫂毛凤。

毛凤在心里也有些怵这个小姑子,这就怪了,为什么呢?连毛凤自己也不清楚。

毛凤来医院里看了一回明桂,买了一个很小的水果篮。

明桂在医院里住了十五天然后才出的院,这里的乡俗,她必须要在婆婆家坐月子。坐月子的时候,明桂的母亲章玉凤来侍候明桂。章玉凤喜欢摆派,当了一辈子女干部,她当然改不了她的做派。她让车拉来一盆柑橘,除了柑橘,她又兴致勃勃地让乡里的车给明桂送来一只整羊,五六只褪好的鸡,还有两篓子鸡蛋。小米也不用于家的,自己带来一袋最好的东方亮小米。这就让半张脸蛋子动来动去就乱跳的于老娘很不高兴。于老娘的不高兴都被明桂看在眼里,明桂要在心里向着于国栋的母亲,要讨于家的好,就说她母亲带来的小米不好:

"什么味?像是霉了。"

这就是明桂的精明处,她明白自己就是活到烂掉那天也是于家的人。那天章玉凤把外孙的屎布洗了晾在那里,明桂当着母亲的面要于国凤把屎布全都又扔回到盆子里用开水烫,再洗一遍。于国凤面有难色,站在那里不动。

明桂就又数落自己母亲章玉凤:

"除了打麻将什么也做不好,怎么会洗屎布子?"

明桂成心要给自己亲妈脸色看,要下地自己洗,忙给于国凤拦截住。明桂和自己的亲妈,从来都是这样,从很小起,明桂就在心里恨母亲,恨母亲把自己生成这样子,这种情感是不容易消除的。明桂是个和气的人,做妇联工作让她养成了温和待人,不管她心里怎样,在面子上总是和和气气,但她对自己的母亲章玉凤就是和气不来,一说话就动气,像面对仇敌。一来二去,明桂的母亲章玉凤就只在于家待了半个月,她也乐得回去打她的麻将。

"我回呀。"

章玉凤这天对闺女明桂说。

"回就回吧,我自己什么也能做。"

明桂说,口气生硬。

"要不我就再侍候你几天?"

章玉凤是商量的口气。

"走吧走吧,有国栋他妹妹。"

明桂说:"你那天已经碰到了我肚子上的刀口,到现在还在疼。"

明桂从来都没有这么幸福过,她真正体验到了一种幸福,那就是怀里的孩子。她开始学习抱孩子,用一只手托住小脑袋,另一只手托住小屁股,喂奶的时候是她最最幸福的时刻。她能感觉到奶水从身体的四面八方往一个地方跑,那个地方就是乳房,而跑到乳房里的东西又很快被儿子吮吸到小嘴里。明桂现在的成就感很大,大到几乎要充满了整个宇宙,大到几乎什么地方都放不下。过了一个月,明桂就抱着孩子在屋子里走来走去。她现在的心好像是全被儿子占了去。坐在那里看电视,她特别注意电视里那些抱孩子的人,她这是在学习。到了晚上,明桂最辛苦,她总是怕自己在睡梦中把儿子压着,所以睡不安实。现在的人们都不愿意睡火炕,所以明桂和于国栋的卧室只有一张床。因为怕于国栋睡着的时候压着儿子,明桂现在不那么介意于国栋晚上回不回家了。

但让明桂吃惊的是,那天她在于国栋的衣服上发现了一根很长的头发,这头发染过,发梢是红的,是在于国栋里边穿的毛衣上,这就是说,那头发不是在外边被风吹到身上的,而是在某种场合挂在毛衣上的,什么场合呢?明桂是多么聪明的人。她不问,只把头发夹在了一本书里。她就是这种人,做妇联主任练就出来的。她从来都是只相信自己的判断,这其实是最简单的判断,一加一等于二一样。又隔几天,晚上睡觉的时候,明桂在于国栋的膀子上发现了牙齿咬过的痕迹。明桂还是没问,她明白这种事问也是白问,她沉得住气,脸上一点点表露都没有,只是在心里生气和着急。

"乡里马上就要开人代会了。"

"知道。"

于国栋说这事他能不知道?

明桂又对于国栋说:

"你多和乡政府里的人们联络联络感情,别得事倒可以少做。"

这话里边有骨头,于国栋不会听不出来。

"这还要你教我?"

于国栋对明桂说。

"需要的话,少做些别的事多请请客。"明桂又说。

"我还有什么别的事?"

于国栋笑着说。

十六

年底确实是乡里最忙碌的时候，天气虽然寒冷，于国栋的生活中却桃花盛开。

乡宣传部要到各处去检查和慰问。宣传部慰问的对象是文教口。自然而然，于国栋就和齐新丽碰了面。这一年，乡里给各个村和各个单位下达了文艺宣传和出宣传车的任务。学校的任务是到处张贴标语，内容是移风易俗，三个代表，反对迷信，禁止赌博。人们一般都认为学校里秀才多，毛笔字自然是行云流水龙飞凤舞，所以这个任务就交给学校，要学校在乡属的各个路口出二百个宣传牌子。年底这时候,也是让乡下属各个单位最头疼的时候,上边下来检查工作,再怎么困难也要请吃饭。学校这时候都放了假,校园里清静得很,只有满地的落叶在风里且舞且歌。于国栋这次来学校检查不能说是旧地重游,要说"衣锦还乡"倒好像更贴切一点。因为上边来检查,学校校长刘培文做了安排,无非就是吃一顿饭,趁此学校也来一次全体会餐,当然,齐新丽不会缺席。过春节之前,学校还要给教员开一回工资,趁此机会,校方把教员们都通知到了。

　　因为下过了雪,路很滑,所以学校把会餐的地方安排到了学校附近的钢厂旁边。这样没有车可坐的人也可以慢慢骑自行车去。路两边,向日葵的头都给割走了,向日葵的秆子还黑黑地立在地里,寂寞而惆怅,一群一群的麻雀在地里飞来飞去。

　　于国栋在饭店里见到了齐新丽,可以说这是他们的久别重逢。

　　齐新丽穿了件很漂亮的衣服,黑颜色的,在衣襟和袖口上镶着火狐的毛边,很好看,裤子也很新潮,砖灰色的沙磨裤,在裤脚处有一个穿带,可以把裤脚束那么一下子,脖子上围了一条虾酱色围巾,这就让齐新丽显得很时髦。这是齐新丽准备过年时穿的衣服,但她听说于国栋要来,便着意让自己更加漂亮。她对着镜子,把头发梳好打散,再梳好再打散,一次次问自己为什么要这样?却怎么也找不出答案,但她就是要这样,她要让于国栋看看，于国栋的女人明桂越是丑陋，她齐新丽就越是要漂亮，这里边既有报复的意思，又有一种说不出的凄然。在心里，她还是喜欢于国栋的，她觉得于国栋既可怜又不能让人原谅。她进了餐厅，在那里坐定了，她进去的时候，乡里的领导都已落了坐，外衣脱下来都挂在衣架上，那衣架现在已经是座衣服的山。这个饭店里没有雅座，所以大家都坐在一起，这样更好，会产生出一种团结融洽的热烈气氛。齐新丽因为放假，是从区上赶来的。她一进来就感觉到了，她完全是凭着感觉，感觉到于国栋的存在，而且感觉到他坐在什么地方。

齐新丽落座了，就坐在于国栋那一桌的对面。这样一来，于国栋就像是坐在前排看演出，把齐新丽看得清清楚楚。在于国栋眼里，齐新丽光彩夺目。

于国栋是能管住自己的眼睛却管不住自己的心，从齐新丽进来，他便心不在焉。这一切，都被季老师看在眼里。季老师现在可是夹在了两个人的中间，酸溜溜而又急慌慌，一边是齐新丽，一边是于国栋。齐新丽和季老师发生关系完全是一种莫名其妙的报复心理，又好像是一种极其简单的寻求欢乐。又好像是，要破罐子破摔给于国栋看，齐新丽清楚自己根本就不会嫁给季老师，但她还是做了，和季老师上了床，和季老师在床上的时候她却时时想于国栋。

"你是不是忘不了于国栋？"

季老师还这么问齐新丽。

"就是忘不了,怎么样?"

齐新丽在心里根本不把季老师当回事。这是一种表态,一开始就要季老师明白她齐新丽不见得就是他姓季的人。

吃饭就是吃饭,不会吃出什么花样,但喝酒就不一样了,会有许多花样意想不到地出现,划拳加上打通关,以前是谁赢了谁喝,现在的日子好了,倒是谁输了谁喝。乱喝了一会,学校的教员都过来给于国栋敬酒,一口一个于主任。季老师干脆坐到于国栋这一桌来,脸红红的,心情复杂得七上八下,眼睛两下里忙,一会看看齐新丽,一会看看于国栋。有了酒,于国栋的话也就多起来。别的教员过来敬酒,于国栋都一一喝掉,他要在脸上表现出一种自然,但还是不自然。敬酒一般是男先女后,学校里的男教员敬过了,轮到女教员了。让于国栋想不到的是齐新丽也居然和其他女教员走了过来,脸上的笑绽放着。一切都和想象中不一样,齐新丽很大方,这就是齐新丽的性格,她把酒杯一下子送到了于国栋的跟前:

"于主任,好久不见。"

有那么一点点着慌的倒是于国栋,脸居然红了,自然大方的表现一下子受到了伏击,或者是中了弹,身体上有了内伤。于国栋对付女人从来都是行云流水,是酋长指挥他的部落臣民,不是用权杖,而是用他漂亮的脸蛋和动听的话语。但这次他是受了伏击,脸一下子红了起来。已经一年多了,于国栋不方便,也不知道自己该说什么,就把酒给干了。之后,又回敬了齐新丽一杯白酒,齐新丽喝的是红酒,居然接过来,把于国栋回敬的白酒一下子也干了,顿时一张脸成了桃花盛开的地方。在这种场面里,尴尬的倒是季老师,左不左右不右,倒恨不能给自己倒杯睡觉药。又喝了一会酒,于国栋忽然离席去了一下卫生间,卫生间在走廊的西边,他去了,季老师也忙跟了去。从卫生间出来,季老师的判断是对的,齐新丽急匆匆迎面过来。世上哪能有这么巧的事,齐新丽说她也去卫生间,但于国栋已经心领神会。齐新丽对跟在于国栋身边的季老师说你先回桌上去,我有话要和于主任说。季老师只好走开,心里已经开了醋坛子。于国栋和齐新丽,简直像是特务在接头。他们接上头了,久别的激动加上由性这辆纺车纺出的绵缠,只匆匆几句话便约定。齐新丽说要和他好好谈谈,于国栋自然乐意。他们约好了在凤凰宫歌厅见面。凤凰宫是小姐出没的地方,说是唱歌,实际上却是在那里消费各种型号的橡胶制品。于国栋和齐新丽,一切又都重新开始了。那个季老师已经让齐新丽感觉到了厌倦,于国栋一年之后的再次出现,甚至让齐新丽都觉着季老师有些肮脏。齐新丽对季老师的态度从一开始就是挥来挥去,这让季老师感到了无比痛苦,揭开这一层痛苦,下边那一层就是恨,恨谁?季老师恨自己。再回到席上之后,季老师喝醉了,吐得到处都是,再后来,坐在椅子上,头一歪,一下子昏睡过去。

在凤凰宫里,于国栋和齐新丽先是坐着说话,喝咖啡,又要红酒,完全是情人的情调。让于国栋想不到的是齐新丽没有哭也没有说让人不开心的话,这就让于国栋放心,这就是齐新丽的过人处。

"肉丸子。"齐新丽这样说明桂。

"听说你那个肉丸子给你生了个小肉丸子?"

齐新丽的话让于国栋动情,他用手抚一下齐新丽的乳房,又拍拍,说:

"我一炮也照样给你来一个小肉丸子,信不信?"

于国栋的眼里满满都是电,电花闪闪地看着齐新丽。女人的醋意真是莫名其妙,那一瞬间,齐新丽觉着该明桂倒霉的时候到了。既然歌厅是里外间,外间可以唱歌,里间可以休息,并且还有一张床。他们都没把衣服脱掉就软在了床上,他们需要的不是拥抱,而是更直接的作为。很快,于国栋就在齐新丽的身上大有作为起来,大汗淋漓之际让他有一种终于苏醒过来的感觉,这多多少少有些伤感。

完事后,于国栋光着膀子躺在那里抽烟,在肚子上盖着一条毛巾被。

"要是齐新丽的父亲是李书记该有多好。"

于国栋在心里说。齐新丽去了卫生间,在那里洗。

于国栋和齐新丽在歌厅里整整待了一个下午,好像还不够,后来于国栋让服务员去买了方便面和榨菜,还有火腿肠,这太简便了,但他们没有胆子去饭店吃饭。再也没有比这个地方安全的了,吃过,喝过,两个人就又行动起来。在这种时候,他们吃什么喝什么都不重要了,一年了,他们要的是对方,要把对方吃下去,但不同的是齐新丽的心里时时想着明桂。

"给你那个肉丸子留着点,别用光了。"

第二次,做到一半,齐新丽一把推开于国栋。

"我这东西还能用光。"

于国栋受了刺激,就像高速公路上的车,从一百迈一下子加到一百八十迈。于国栋喘吁吁地告诉齐新丽,即使是和明桂做事的时候他心里也只是想着她齐新丽:

"你说我会不会喜欢上那个怪物?"

"胡说,你真想的是我?"

齐新丽好一阵子惊喜。

"当然想的是你。"

于国栋说。

"你在她的身上想的却是我?"

所有的女人都喜欢把这个问题证实再证实，齐新丽也不例外。

于国栋告诉齐新丽他和明桂做事从来都不睁眼睛不开灯，就怕看清楚在自己下边的是李明桂：

"我从来想的都是你，就怕开灯。"

于国栋的话让齐新丽一下子热情高涨起来，差点走了嘴：

"咱俩其实都一样。"

"你说什么都一样？"

于国栋停了一下，擦了一下脸上的汗，问齐新丽。

齐新丽不敢说了，使出百般的娇媚，又说别的，再说下去，她就出格了，她说要是李明桂一下子死了该有多好，他们就可以永永远远地在一起了，齐新丽说像李明桂那样丑的女人就不该活在世上。这话让于国栋在心里有些不舒服，仔细想想，明桂还有许多好处，毕竟是自己儿子的亲娘。

"你这里，满载而归还不满足？"

于国栋拍拍齐新丽的小腹，那地方真是很柔软。

齐新丽搂住了于国栋的脖子，不让他起来，不让他离开：

"你亲亲我，你亲亲我，你再亲亲我。"

十七

世上没有不透风的墙。

这一年年过得早,四九就过了年,到了五九六九的时候,突然又来了寒流。明桂怕孩子着凉,再说平房里自己生的暖气总是不够热。明桂就住到父母那里去,她做姑娘时的房子在二楼,也就是朝着北边的这一间。窗子正对着下边自己的那一处小院子。于国栋说家里没人不行,电视机和各种七七八八的东西丢了哪一件都不合适,他不上来,就还住在下边。但他吃饭的时候会上来和明桂的家人一起吃饭,其实也只有他们三个人：明桂、明桂母亲章玉凤还有于国栋，明桂的父亲李书记一年四季很少在家里吃饭。吃饭的时候，于国栋还会喝一点点酒，明桂母亲家里有太多的好酒，于国栋其实不怎么贪杯，但他总喜欢喝那么一点点，这是派头，这让他觉出一种优越感，喝一点点，都是好酒，不喝白不喝，明桂也怂恿他喝，觉得于国栋一喝酒就更像个男子汉，眼窝那里有了一点点红，人就更漂亮，这个家就像是更踏实了。吃完饭，于国栋会一直和明桂坐到很晚，看看电视，或者说说话，总是十一点多才回下边的房子去睡觉。

"外边冷，你别出去，晚上有什么事，你一打电话我就上来。"

于国栋对明桂说。

明桂要于国栋好好回去睡觉：

"晚上会有什么事？什么事也不会有，抓赌也抓不到这儿。"

但恰恰就是晚上有事了。

这一天，因为下了雪，外边就好像亮得早，明桂也是无意，她总是起得很早，她撩开窗帘朝下边看，想看看外边雪下得大不大，她把窗帘撩开一个缝，嘴一下子张得老大，她看到了自己下边的小院里停着一辆红色女式自行车。明桂心里好一阵乱跳，但她让自己静下来。过了一会，想了想，明桂给下边打了个电话，对于国栋说这就要下去取件衣服，上午要去城里给孩子打疫苗，已经要了车。打过电话，明桂浑身抖着，人站在窗帘后边，窗外落着雪，远远近近一片白。很快，明桂就看到了一个女的，围得严严的，低着头，急匆匆推着那辆女式车从自己下边的小院里出来，于国栋没有出现。小院门只一开，这女的只一闪，就消失在大雪之中，从个头看，这女的很像齐新丽。

明桂一屁股坐了下来。

"于国栋，你好大的胆子！"

明桂听到了自己心里的一声怒喝。

明桂受了打击，这打击还真不能说小，人坐在那里一动不动，已经变成了木头，但两只眼睛却一转一转。因为是早上，昨夜明桂的母亲章玉凤打麻将打得太晚了，屋子里的人都还在睡觉，屋里静得不能再静。明桂再也想不到于国栋会来这一手，把这骚女人带到家里来，她现在是明白了，明白了那丝长头发，明白了于国栋肩头的牙印，明白了于国栋为什么总是要陪她坐到很晚才回去。明桂的心里涌上了一种从未有过的悲伤和气愤，摸摸自己的手，十个手指都麻麻的。明桂坐在那里自己跟自己笑了，笑得很冷，很怕人：

"于国栋，你胆子也太大了！"

明桂觉着自己是不是有些攥不住于国栋了。

明桂坐不住了，"踢托、踢托"地在屋子里走来走去走来走去。但明桂毕竟是明桂，多年的妇联主任没有白当。她马上又给下边屋子里的于国栋打了电话，口气却已经变得很镇定，她对电话那头的于国栋说想不到外边，下了雪，今天路滑就不去了，改天去吧。放下电话，明桂在心里分析，这个女的会是谁呢？从个头上看，这个女的肯定是齐新丽。

这天早上，洗漱完，明桂在卫生间里待了好长时间。明桂在卫生间里对着镜子给自己出主意，她看见镜子里的自己眼睛一转一转。

十八

明桂吩咐了乡办公室的刘健康,要他找一辆旧自行车,而且是要男式的。

"你去找,马上就要。"

"旧的?"

刘健康有些不明白,为什么要辆旧的。

"新的还要你去找。"

明桂说就是要一辆旧的,越旧越好。

明桂的话就是圣旨,刘健康很快就把一辆自行车推了过

来,这辆车子居然很新。这让明桂很生气,要刘健康把这辆车子马上推走,说再找一辆,越旧越好:

"旧到不能骑,旧到扔到那里没人要才好。"

刘健康不知道明桂为什么生气?只好把这辆旧车子推走又去找了一辆,这一次,明桂满意了,这辆车子简直是一堆破烂,丢了一只脚蹬子,瓦圈都锈黄了。明桂"踢托、踢托"绕着车子走一圈,看看这辆破车子,一伸手,又把车上的车铃子摘了一下子扔掉。明桂看着车子笑了起来,她要刘健康推着车子跟她走一趟。

"去什么地方?"

刘健康问明桂要去什么地方?

"去联校!"

明桂已经想好了,想好了怎么收拾齐新丽这个贱货。已经是春天了,虽然下了最后的一场雪,柳树还是有了绿色,是那种远远看上去有,离近了又没有的绿。

明桂出现在学校里的时候,正是课间休息的时候,联校的学生们正在校园里做各种活动,踢毽子、跳绳,互相打闹。明桂出现了,穿着她热爱的大红呢子衣服,"踢托、踢托"一挺一挺地走进了校门。因为是课间休息时间,校园里都是人,所以人们没注意到明桂的出现。明桂也不想让更多的人看到她。

明桂要刘健康跟在她的身后，直接推着那辆破车子去了齐新丽的办公室。乡联校一共有两个音乐教员，另一个音乐教员姓刘，是个年轻人，个子很高，卷头发，人总是乐呵呵的样子。明桂进去的时候，这个刘老师正和齐新丽咧着大嘴嘻嘻哈哈。他们想不到有人会推着破车子进来，而且是辆十分破旧的车子，推车子进办公室的是刘健康。齐新丽和刘老师不明白这个人怎么会推着这样一辆破车子进来，这个人要做什么？是谁的车子，这真是有些滑稽可笑。齐新丽以为这个人是来找刘老师的，便笑了起来。但她马上就不笑了，她看到了跟在后边进来的明桂，表情一下子僵住。

窗台上，一盆天竺正在开花，红不红，紫不紫，是经过了漫长的冬天开出来的花。

明桂这次来找齐新丽，和上次的心情已经大不相同了。明桂现在已经是母亲了，是于国栋儿子的母亲，所以她在心里特别气愤，特别理直气壮，又特别想发火。她现在要维护的不单单是自己的家庭，更重要的是维护自己儿子。明桂的眼睛找到了椅子，她在椅子上一屁股坐下来，是一个大红球，一个大肉球。齐新丽在明桂一进办公室的时候就已经没了主意，但她要自己稳下来，不要慌，尤其是不能在刘老师的面前让自己显出什么。她这么想，也这么做了，她坐在那里没动，脸从脖子那里一点一点红了起来。这让她自己在心里特别生气，但谁又能控制住自己不脸红?

明桂坐了下来,虽然特别动气,但她还是对着刘老师点了点头,甚至笑了一下。

"我是于国栋的爱人。"

明桂对卷头发的刘老师说,说是自我介绍,还不如说更像是一种肯定,肯定自己是于国栋的妻子。

"我知道。"

刘老师笑笑,嘴虽然咧得很大,却笑得有些不自然。

明桂一进来,他就明白这是什么人了,世界上,只有于国栋的女人是这样的怪物,走路一挺一挺,"踢托、踢托",刘老师认识于国栋,他来学校教音乐的时候,于国栋还没有离开。这个刘老师是敏感的,也听到过于国栋和齐新丽的风言风语,他马上明白要发生什么事了,他站了起来,说:

"你们有事谈你们的。"

刘老师要走了,但明桂用手一指,完全是领导的派头,她要这个刘老师坐下来,妇联主任的身份在这时候一下子就显了出来。这种事,要是没人看,这场戏就没什么意思了,这种事必须要有人在一旁观看才好:

"也没什么大不了的事,就是有话要对齐老师说清楚,要送一件东西给齐老师。"

在进办公室的时候,明桂已经看到了办公室外的那辆红颜色的女式车子，这是一种证实，证实那天晚上就是齐新丽。

"你坐你的。"

明桂又对刘老师说，指指椅子。

卷毛儿刘老师只好坐下来，心上七上八下的，他把桌上的一本杂志拉过来乱看。

"我有话对你说。"

明桂把两眼一下子，看定了齐新丽，就像是打靶场上的瞄准，一下子就瞄准了齐新丽，而且是瞄准了齐新丽的眼睛。因为瞄得既准又有力度，所以齐新丽的眼睛就直了，想躲闪都不可能。明桂镇定地看着齐新丽，有好一阵子，就那么直盯盯地看着，这就让齐新丽招架不住。齐新丽的眼睛闪了一下，朝刘老师那边滑了一下。

"看着我。"

明桂的话是命令，是居高临下，不容忽视。

齐新丽只好再次看着明桂。

"你看这辆车子。"

明桂对齐新丽说。

那辆又破又烂的旧车子已经给刘健康靠在了一进门的卷柜上，如果不靠，这辆破车子是站不住的。办公室里的人，除了明桂，都不知要发生什么事了，连齐新丽在内，虽然心里有鬼，但也不知有什么事要发生，她看定了那辆男式旧车子。

"这是我专门推来送给你的。"

明桂说:"送给你,为了你方便。"

齐新丽直到这会还不知道将要发生什么事,她看着那辆破车子。

明桂对齐新丽毫不客气,明桂说:

"往后,你最好骑着这辆男式车子……"

明桂只把话说了一半,她要的就是这种效果,一下子把话说出来倒不好了,不会有戏剧效果。齐新丽还是弄不清明桂要做什么?她看着明桂,用眼睛也用耳朵,如果身子能在这种场合派上用场,她连身子也会用上。李明桂要做什么?她不明白。

"往后你出去偷男人,骑了这辆车子就不会被人发现了。"

明桂把话终于说了出来。

齐新丽被一下子命中了,血都朝脸上涌上去。

"你骑着你那辆女式红车子,放在别人院里不太合适。"

明桂说,嘴角重重撇了一下。

齐新丽这才知道自己的事是败露了,心里一阵慌,她想起了那天早上的事,那天她特别害怕,但于国栋要她放心,说不会出事,非要留她住一夜,好大干一宿,说有事明桂一定是要先把电话打下来。她也是太疏忽了,忘了把车子推到屋里,也不是忘了，而是想着一旦有什么事可以推了车子就走，再就是可以推说是来做什么事。齐新丽这会虽然心慌，但又像是特别放心了，一开始是摸不到头脑，摸不到头脑最让人发毛，一旦明白了明桂是为什么事来，她倒稳住了，她看着明桂。

"你留着自己骑吧。"

这是齐新丽的话，这句话说得连一点点底气都没有。

齐新丽说话的时候，于国栋的妹子于国凤已经从外边走了进来。有人告诉她说她嫂子李明桂来了，穿了一件大红的呢子衣服，还跟着一个人，推着一辆旧车子，到齐新丽的办公室里去了，不知出了什么事。于国凤不知道嫂子来做什么，就忙到齐新丽的办公室来，抱着一摞学生的作业。于国凤一进办公室，齐新丽就稳不住了，其实于国凤还不太知道齐新丽和她哥的事，这种事，不会有人一是一二是二做学术报告样对于国凤细细说起，再说她调到学校来也没有多久。

"嫂子你怎么来了？"

于国凤问明桂，一只手抱着作业，另一只手就放在了嫂子明桂的肩上。

于国凤的出现，忽然让明桂悲从中来，要是换个别人，明桂不会这样，而出现在她面前的恰恰是自己儿子的姑姑。以明桂的性格，其实是不要什么人来做主的，但于国凤一进来，明桂的整个身心就好像一下子没了力气，打仗的兵法一下子乱了套，从来都没有过这种情况，眼泪从明桂的眼里忽然就流了下来，是那么自然，是自然而然。于国凤吃惊了，她当然没见过明桂流眼泪，甚至是别人，也没见过明桂流眼泪，这让于国凤受不了。这连站在一边的刘健康都有些着慌。明桂是出于真情，如果说眼泪是条漫长的河，那这条河的源头甚至是在去年，是在明桂还没搬到于家住之前就已经开始流淌了。明桂这时候不像是妇联主任了，是她儿子的母亲，是一个受害者。眼泪如破堤之水，越流越多，她只好自己用手一左一右去擦。眼泪让明桂马上又变成了一个女人。

"嫂子你别光哭，怎么回事？"

于国凤急了，心里噔噔乱跳，她不知道发生了什么事。

"你问她。"

明桂一下子，指定了齐新丽，不等于国凤再问，明桂马上就找到话了，这句话一下子就会把于国凤的火煽动了起来：

"我不为别人，我只为我儿子，为你侄子……"

明桂说不下去了，下边的话她一时还没想好，但该说的话又自然而然地出来了，明桂用手又一指齐新丽：

"我也是为了你，你一个姑娘家还没结婚，你怎么那么不要脸？你要是和于国栋在外边胡搞还可以，你也太不要脸了，你敢跑到我家里去，你还敢一搞就是一晚上。"

明桂不哭了，镇定住了，她把自己的泪水擦干。她抬起脸，对于国凤，自己的小姑子，自己儿子的亲姑姑说：

"我是来给她送车子的，让她骑着这辆车子去偷男人就不会被人发现。"

于国凤的脸一下子被血憋红了，她用眼睛询问明桂，那眼神好像是在说："真有这种事？"

"你是当姑姑的，你问她。"

明桂抬起手，指定了齐新丽。

于国凤是那种刚烈性子，几乎不用更多的准备，她的两眼里就喷出了火焰。

"你咋回事？"于国凤问齐新丽，把怀里的那摞作业本倒了一下手。

事情进展到这里发生了一个插曲，就是季老师的出现，他的出现一下子把炮捻子点燃了。季老师错就错在一进来就要把于国凤拦住，其实于国凤连一点点动手的想法都没有，怒火这种东西是需要一点点升级的。季老师一进来，不由分说，一把就拦住于国凤，他的动作一下子就把矛盾升级了，不拦还好，他这一拦，于国凤就把怀里的作业本朝齐新丽砸过去，又把季老师一推，然后就冲了上去。于国凤的两只手，上边还贴着白胶布条，是帮着明桂收拾家留下的。这两只手，很准确，一下子刨在了齐新丽的脸上，简直是用耙子开垦土地。明桂坐在那里，不动，却浑身都在激动，眼睛也在那里动。明桂忽然跳起来，是因为那个季老师一下子抱住了于国凤，这就让齐新丽有了还手的机会，齐新丽摸到了自己脸上的血，这让她不顾一切了。

齐新丽朝于国凤扑过来的时候，听到了明桂的一声断喝：

"姓季的，放开手！"

明桂的声音有一种震慑力，季老师松了手，齐新丽也不敢再动。

这时候，上课铃已经打响好一会儿了，但齐新丽的办公室外边还是围满了人。

联校校长刘培文出现的时候，明桂已经让自己稳了下来，她指着季老师：

"你，出去，和你有什么关系！"

明桂又指了一下齐新丽，说：

"你坐下，你有什么资格当人民教员！"

妇联主任的身份让明桂通身上下有一种威慑力。这时候，明桂好像不仅仅是处理自己的家事，而且，是在处理一桩牵扯到妇女权益的案件。她坐在那里，既是受害者，又是处理事件的妇联领导。她让于国凤去上课，她反过来安慰于国凤，拉拉国凤的手，话锋已经转了：

"放心，谁也动不了你侄子于明一根汗毛！"

"你侄子于明。"明桂把这五个字说得很有力，明桂这么说的时候,激动得眼里又有了泪。

联校校长刘培文站在办公室里,左左右右看那辆破得不能再破的车子,忍不住笑了一下,他在想,这件事,真是有些滑稽,想不到明桂会这么办,推来一辆这么破的旧车子来羞辱齐新丽,这举动也实在是高明。事情的来龙去脉他刚才已经弄清楚了,但这事该怎么处理?一下子还不好办,他首先想到的是怎么向李书记交代。刘培文是个聪明人,他让明桂先到自己的办公室里去一下,先喝点水,消消气。刘培文又回过身吩咐卷毛刘老师:

"你先替齐新丽上一节课。"

明桂一被刘培文劝走,人们就也跟着从齐新丽的办公室里出去了。

季老师恰好这一节没课,别的人一走,他就又进了齐新丽的办公室。但他也不知道自己该说什么?眼瞪着,就那么瞪着,气呼呼地瞪着,连他自己也不知道自己为什么气呼呼?对谁气呼呼?他现在是气上加气,这些气都只不过是些散碎的绿叶,真正的红花却是愤怒。他看着齐新丽,齐新丽坐在那里,脸上是一道道的血痕,她是惊魂甫定。季老师也坐下来,两个人对坐着,谁也不知道谁的心里都在想些什么。齐新丽的眼睛看着对面的墙,季老师看着刘新丽的脸,他想在齐新丽的脸上找出答案，又觉得自己实在是可怜，不但事事比不上于国栋，而且让齐新丽把自己搞得这样可怜。季老师忽然站了起来，伸出了双手，很准确，一下子死死攥住了齐新丽的那两只乳房，他用的力量太大了，是攥，而不是抚摸，也不是抓，而是攥，又好像是在摘瓜，要把那两个瓜一下子从齐新丽身上摘下来。

齐新丽没防住季老师会这样，齐新丽尖叫起来。正在上课的学生们都听到了这令人毛骨悚然的尖叫。

十九

整整一个星期，于国栋都不敢见明桂的面，他在心里简直都有些佩服明桂。

于国栋不是不敢见明桂，而是怕明桂把前不久发生的事情对她父亲摊牌，事实上，明桂把发生的事情都对她父亲说了，但明桂的父亲李书记没有表态，他经见过的事情太多了，尤其是这种事，李书记太有修养也太有对付人的经验了。没人知道明桂的父亲心里想什么？但明桂知道她父亲这几天忙得厉害，这一次区里换届，有一个副区长的位置空了下来，明桂的父亲瞅准了这个位置。当然盯着这个位置的人很多，这就像是一场赛跑，看谁跑在最前边，跑在最前边的条件其实只有一个，那就是看谁能把钱使到，现在是"有钱能使鬼推磨"。乡里的人都知道李书记也许就要当副区长了，这种事，总一传十十传百。乡里的人希望李书记提上去，李书记一上去，不但乡里空下一个位置，上边又有了人，往后乡里有什么事就好说话了，而且还能多提几个干部。因为忙，明桂的父亲李书记没时间对于国栋的事表态。这种事，对李书记来说也好处理，他已经想好了，那就是，再把于国栋提拔一下，这是最厉害的羞辱，看他的脸往哪里搁。

于国凤来过了，来明桂现在住的家里找她哥说话。她背着手靠着墙站在那里质问她哥：

"有没有那回事？那个贱货她还真敢在你家里过夜，不要脸到了什么程度？"

于国凤站在那里说话，脸红红的，她毕竟还没结婚，让一个还没结婚的姑娘说这种事，她多多少少有些不好意思。于国栋一声不吭，满脸通红，他不知道自己该对妹妹说什么？这许多天来，他觉得自己有些可怜，这让他不由得发起狠来，狠什么，又一时没有目标，只是把两只手放在一起不停地搓，把手指关节用力捏得咔吧咔吧响，就像是，他不想要那些手指了，要丢掉。于国栋可怜就可怜在没人了解他的心情，也没人来劝他，人们齐心协力从两方面来派他的不是，一方面是嘲笑他为了自己的前途找了明桂这样一个丑货做媳妇，一方面却嘲笑他不该墙外开花，而且，就差结果了。

"现在娶二奶的不是很多？你怎么不娶了她这个贱货！"

于国凤对她哥居然这样说。

于国栋现在好像是给关在了一个笼子里，关在笼子里在等待，天天都在害怕和焦灼不安里度过，但这种事，谁也不明白明桂的父亲李书记是什么主意，他越不表态别人就越是害怕。明桂是个有主意的人，到了这时候她却又没了主意，她想让步也不知道该怎么走下一步棋。事情的发展是于国栋的父母和舅舅都来了，带着一股子室外的寒气，这种事，好像是只有他们来才能收场。他们坐在外屋你一句我一句数说于国栋，尤其是于国栋的母亲，半张脸蛋跳得极其活泼，说话又快又让人听不清，是老家的话，原本就不好懂，再加上让脑血管的病给改革了一下，简直是谁也听不懂。

明桂抱着孩子坐在里屋，静着，不说话，但让人觉着她有主意，主意一出，谁也防不住，是什么新式武器，谁也不知道。

于国凤始终站在明桂这一边，气愤得很，泪汪汪的觉得连自己在学校都没了面子。于家的人，都围着于国栋说他的不是。还是那些话,说了又说,夹杂着于老娘一着急就谁也听不懂的话,只是一阵毫无意义的叽叽喳喳。于国栋一直不说话,抱着头看地皮,但他突然跳了起来,两眼红红的,他大吼一声:

"我为什么?我为什么?我为什么?"

于家的人被于国栋的突然动作吓了一跳,倒不知说啥了,都大睁了眼,你看看我,我看看你。

"告诉你们,我太对不起我自己!"

于国栋又大声说。

明桂坐在里屋,还是一动不动,怀里抱着她的儿子于明,眼睛一转一转,她也不知道该说什么了。对啊,于国栋为了什么?这个时候,是那个齐新丽该让千人骂万人骂。正在这时候,明桂的儿子忽然哭了起来。明桂马上有主意了,索性又在小屁股上狠狠掐了一把,明桂的儿子哭声马上高十六度。

"踢托、踢托、踢托、踢托",明桂抱着儿子从里屋出来了。

"你说你为什么?于国栋,你是为你儿子!"

明桂找到话了,她站在那里说。外屋于家的人都看定了明桂,看她怎么说。明桂却又不说了,在外屋坐下来,当着于家的人,用力拉出奶子,开始奶儿子,虽然没有多少奶水,但她不由分说,把奶头一下子塞进儿子的嘴里。这样一来就把明桂的儿子噎了一下，奶头被吐了出来，又被再次狠狠地塞回去，再被吐出来，再被塞回去，是争斗，你不让我，我不让你。明桂怀里的儿子哭得快要喘不上气来了。

于国栋终于说了一句话，既是一种交代，又像是大彻大悟，更是一种求和，多少天来，他以努力学习的态度让自己想开，面对千姿百态各种各样的女人，他要自己找到一种近似于哲学比较抽象并且具有某种普遍意义的东西：

"唉，女人还不都一样！"

于国栋终于软了，说出这话了，是一种变相的服输，但让于国栋想不到的是，他的话马上遭到了明桂的断喝。

"就是不一样！"

明桂大喝一声，简直是悲从中来。明桂抱着孩子站立起来，虽然只有五个字，内容却相当复杂，谁也无法理清，她明桂怎么能和齐新丽那种像公共汽车一样谁都可以上的女人混淆。

于国凤马上在一边响应了：

"就是，女人怎么能和女人一样，那个姓齐的，怎么能和我嫂子相比！她给我嫂子提鞋我嫂子都不会要她，公共汽车，烂货！烂货！烂货！"

于国栋不再说话，彻底软了，他坐下来，接过弟弟国梁递过来的烟，却一折两段扔在地上：

"都是我不好还不行！我出门让车轧死好不好？"

于国栋说得很狠，可以算是另一种总结，另一种交代，各种招数中最毒的一种。

屋子里于家的人都不敢再说话，都看着明桂，好像要看她让不让于国栋过这个关。明桂便不好再说什么，她要的就是这句话。她转身，泪光闪闪，有那么点悲壮的味道，她把孩子交给于国凤，是孩子尿了，她的于明，她的儿，哭得过了火，尿了，湿了她半身子。也给了她唱下一场戏的机会，明桂和于国凤到里屋去，明桂要换一换裤子，孩子的尿布也要换一换，明桂和于国凤一边换裤子换尿布一边交谈，话题分明已经暗暗转换了。外边屋的于家人都不说话，都听着里屋明桂的动静，听她在说什么。过一会儿，外屋的人又听见明桂开始在里屋打电话，电话内容是让乡食堂那边中午的时候送饭菜来。快到中午了，明桂粗略地点了几道菜，说家里来客人了，要一个黄焖鸡、一个红烧鱼、一个丸子再加一个红烧牛肉。

"别的菜随你们安排，但也要好的，主食要四样，烤素包子家常饼，水晶饺子和糕团。"

明桂对电话那边的刘健康说，让他去安排。

外屋于家的人一下子都松快起来，像给松了绑，又好像是都受到了大赦。

明桂不愧是妇联主任，情绪很快就平展了下来，她的情绪不是混混沌沌渺无边际毫无目标的那种。明桂的情绪是一个又一个包袱，收拾哪个就打开哪个，哪个收拾完就再包起来，这是一种功夫，也是一种修养，是当了多年的妇联主任练就出来的功夫。于国凤已经把孩子打发睡了，明桂和她从里屋出来。从脸上看，于国凤的情绪还在脸上，她毕竟年轻。而明桂脸上已经是雨过天晴，明桂也只能这样，一个人，长得这样丑这样不够尺寸，如果脾气再坏，就没一点点可取了。明桂最清楚这一点，也最会应用，她会让谁也无法改变的丑陋之中开出令人意想不到的美丽花朵，在心里，这也是她的最苦处。明桂坐了下来，她有她固定的椅子，就是靠电视那个高椅子，上边铺了一个绣花枕套，平时只有她坐，是她的特权，这把椅子，别人从不去碰。明桂坐下来，和于家的人继续说话。雨过天晴，又是一家人了，语调也顺展了。既然明桂和于国栋的事情已经解决了，于国栋的舅舅小声问明桂：

"孩子他姥爷呢？李书记，中午能不能回来？"

明桂说："他姥爷去区上开会了，要开人代会了，见面的机会多得很，下次吧。"

"听说他姥爷这回要做区长了？"

于国栋的舅舅又说。

"还没最后定。"

明桂说，眼神骤然亮起来。

"什么时候我们亲家一起坐坐。"

于国栋的舅舅又说。

明桂的眼睛转转,说:

"要不,让国栋给他姥爷打个电话问问?"

明桂看着于国栋,是示意,眼睛里的意思是让于国栋去打电话,这也是一个台阶,特别给于国栋安排的台阶。可于国栋坐在那里原地不动,他有些不敢,他确实不敢,明桂的父亲李书记是座山,但不是立在地上,而是浮在他于国栋的头上。

明桂只好自己站了起来,说:

"我去打,看看他姥爷能不能回来?"

明桂说着就进里屋去打电话了,电话那边,李书记对自己的闺女明桂说晚上还要在区上陪重要客人,回不去了。明桂的父亲李书记要闺女明桂好好招待亲家一家:

"一家人难得一聚,让你妈先陪一下,别让她老是打麻将。"

李书记在电话里发布指示了,指示的内容是:一是决定要明桂她妈陪客人,二是不让明桂妈多打麻将,三是要亲家吃好。

"对,爸您说得对,一家人难得一聚。"

明桂故意放大声音,此时此刻,她就是传声筒和放大器,她重复她爸的话,给外屋于家的人听,就像是在广播中央的重要新闻。

打过电话,明桂从里屋又"踢托、踢托"出来,再次坐下,她一开口,又给于家一个惊喜。她说她前几天已经和她父亲说过了,要小弟国梁给她爸开小车,明桂的父亲可能最近又要换新车了,就等着开会了,人代会一开过她们李家便会又是一番崭新的天地了。

"乡里这几天也正忙着筹备人代会,国栋也会有不少事要忙。"

明桂说乡里现在事事都离不开国栋。

"国栋提正部长的事怎么样?"

于国栋的舅舅趁机小声问。

"连他姥爷的司机这一回也要提拔一下,去搞后勤。"

明桂从来说话都很策略,措辞比得上世界上任何最好的外交家,虽不明说,但意思到位。

让国梁开小车的事对于家简直是个不大不小的喜讯,说它不大是因为国梁要去当小车司机,说它不小,是因为要给李书记,不,是给未来的李区长去开小车,开小车有多么肥?是人人都知道的事情,好烟好酒有的是,比开出租车强一百倍。国梁马上在心里算了一下,自己去开小车,把现在的出租车卖了,还干落四万多。于国梁马上眉开眼笑,觉着有这么个嫂子还真是不赖。

"嫂子你真是我们于家的福星。"

于国梁笑嘻嘻地拍嫂子明桂的马屁。

"我是于家的儿媳妇就得要给于家办事。"

明桂把脸转给于国梁，说从古都是这个理。这话说得让任何人听了都会高兴，于家的人脸上个个都有了笑容。

"国栋，你可找了好媳妇了。"

于国栋的舅舅说了话，他很少当众夸奖人。

于国栋能说什么呢？张张嘴，没话说，接过老二国梁的烟，点着，抽起来，却对着老二的脸猛地吐了一个烟圈，说：

"老二，便宜你小子，又是房子又是工作。"

"那就都要看你外父了。"

国梁看着他哥，漂亮的脸上每一寸地方都在放光。

"没有女婿哪有外父。"

于国栋放大声说话了，更是得意忘形，但在心里，还是有些七上八下，不知道明桂的父亲李书记拿自己怎么开销，怎么处理这件事。想一想，自己也是有些太过分了，居然敢留齐新丽在家里过夜。自己是哪来的这么大胆子？于国栋现在是下定决心了，为了前途，以后不能再胡搞了，女人还不都一样，就那么一下子，拉灭灯有什么区别？上边一张脸下边一个洞。这是多么高度的抽象。

"往后咱们于家会越来越好。"

明桂又在那里说了，开始总结了，她这话说得极其概括，简直是高度概括。如果说"往后的日子会越来越好"，那就太简单了，明桂说的是"往后会越来越好"，这就概括了许多内容在里边，不但是生活，而且还包括了政治和经济。明桂是妇联主任，思路当然和一般女人不一样，最大的区别就是她脑子里还有政治和经济在里边装着。

"那就全靠李书记了。"

国梁高兴了，迎合了嫂子明桂一句。

"你应该叫姨父。"

国梁的舅舅马上在一边做出了纠正。

"真要是给姨父开了小车还能叫姨父？"

国梁看着他舅。

"当着众人当然不能那么叫，要叫李书记。"

国梁的舅舅是官场上的过来人："也许下次你就不能叫李书记，而是叫李区长了。"

"下次吧，下次我一定要我爸爸和大家好好坐一坐。"

明桂说市里那家新开的唐人海鲜饭店就很好，那家的素饺子真是好，鸡蛋和西葫芦馅的，又嫩又香，真不知是怎么包的。到时候大家都去这个饭店：

"这一次就让我妈先陪一陪大家，喝几杯。"

明桂要于国栋把从她爸那里拿回来的好酒取出来。

于国栋看一眼明桂,问了一句,不,是在请示:

"汾酒,五粮液,茅台,还是别的什么酒?"

"拿最好的茅台!"

明桂简直就是一台发电机,马上就把于家的人上足了电,个个眼睛都亮了。明桂真是一个最好的电门开关,她一动,于家的灯就会全部亮起来。

"下一次我爸在和咱们喝洋酒!"

明桂又说。

二十

让明桂想不到的是于家的人再也没有机会和明桂的父亲下一次了。

明桂的父亲出了车祸，也是他喝了太多的酒，车开到半路的时候他要下来解个小手。下了车，风一吹，人有些晃，脑子也可能因为酒而恍恍惚惚莫辨东西，他到公路对面去撒尿，撒完尿过公路，风吹黄叶满天飘，他看都没看见，人就被从后边冲来的一辆拉木材的大车卷了进去。刘健康跑到明桂家来报信，他站在那里，有点抖，有点发冷，像是在打摆子，脸色惨白，倒好像是他让车给撞了，但他终于说了话。刘健康说：

"明桂，你要挺住，你要挺住，你一定要挺住。"

明桂马上就明白是出大事了，而且意识到是她父亲出了事。

"出了什么事？"

明桂坐在那里，抬着脸，两片嘴唇激动着，看着刘健康。

"出车祸了。"

刘健康抖着，像是冷得厉害，像是在北极的冰天雪地里光屁股站着。

"人在哪里？"

明桂站起来。

"人已经完了。"

刘健康说。

"在什么地方？"

明桂问。

"在医院太平房。"

刘健康说。

明桂要自己沉住气，她"踢托踢托踢托踢托"一路冲进了卫生间，人差点儿摔倒，她用两手一下子扶住洗脸池，对着镜子，张大了嘴，好不容易才把自己调息过来，然后才打电话，让小姑子于国凤马上过来帮她看孩子。

明桂自己坐车去了医院。

明桂陪着母亲章玉凤去医院太平房已是两天以后的事,明桂是在医院门口才把真实情况告诉了她母亲章玉凤。其实不用她说,章玉凤什么不明白,从年轻的时候开始,章玉凤做了多少年的妇女干部,章玉凤有过英姿飒爽的时候,只是身上没有五尺枪。她什么不明白。那么多的花圈,简直是气势非凡,从太平房里一直盛开到了院子里,倒像是在开庆功会。五颜六色的纸片在春风里簌簌而响,颜色一律都鬼里鬼气。这原本就是开在另一个世界里的花朵,现在却开到了明桂的生活里。

明桂是第一次,扑到了她母亲章玉凤的怀里,但眼泪却怎么也流不下来,只是出不上气来,胸脯那里起起伏伏,起起伏伏,憋着憋着,眼泪好不容易才流下来。倒把悲恸中的章玉凤吓了一跳,以为明桂要出什么事了,从小到大明桂从来没有这样过,从小到大明桂对她这个当母亲的只有仇恨,从没拥抱过她,现在终于抱住她了。明桂和她母亲站在医院的院子里,天是蓝的,云是白的,一切都是静的,像是都死了过去。明桂咬不住自己的嘴唇了,终于悲怆地喊了一声,却没喊她那已经在驾鹤西游当了十二年书记的父亲,而是喊了声妈。这真是怪,人在最最重要的时候,往往喊出的就只是这么一个字:

"妈——"

明桂突然爆发的喊声凄厉尖锐，把院子里的人都吓了一跳。但明桂很快就控制住了自己的情绪。于家的人，站在她的周围，都很冷的样子，尺寸好像一下子都缩小了一个号，甚至，连颜色都变得暗淡了。悲伤是有限的，到了后来，明桂立在那里，眼睛开始一刻也不停地跟着于国栋打转，于国栋作为女婿，许多的事当然必须由他忙里忙外。他在医院的太平房里不停地把客人迎进送出，明桂两只眼只跟着于国栋转，但她的目光始终和于国栋的目光接不上头。有时候，于国栋和她擦身而过，明桂希望于国栋的目光会落到自己身上，可怜可怜自己，但于国栋好像根本就没看到她。明桂的目光一刻不离在于国栋身上，但就是和于国栋的目光接不上头，明桂的心简直像要碎掉。"可怜可怜我吧，可怜可怜我吧。"明桂能听见自己心里的声音，是对着于国栋发出的。明桂不知道自己以后还能怎样才把于国栋抓在手里，她想的是这些，这让她痛苦极了。

于国栋还算得体，还简直可以说得上是风光，在医院的太平房里接待了那么多区上和乡里的人，还有市里的领导。于国栋穿着一身黑色的西服，打了一条深灰色的丝质领带，出色极了，是那种哀伤之中得体的亮丽。他的心里也复杂极了，复杂得都难以理出头绪。他觉得自己像是玩股票被割了大肉，不是割了大肉，而是一下子，投入的资金全泡了汤。他的心里空空的，五脏六腑好像让人一下子都给掏走了，只有冷风在里边呼啸回旋。人少的时候,于国栋对着躺在那里的明桂父亲忽然掉出了几滴泪。这几滴泪的内容是多么复杂,多么色彩斑斓,既是掉给躺在那里的死人,更是掉给还要继续奋斗下去的自己。于国栋的那几滴眼泪,倒像是对自己的哀悼。明桂站在另一边,眼睛一动不动看着于国栋,她看到于国栋的眼泪了,这让她很感动。但于国栋就是不看一眼明桂,一种入骨的恨,一下子就产生了,莫名其妙,突然而至,说不清道不明,全部的失望,全部的败兴和全部的恨都忽然集中在明桂的身上。明桂想要得到的,比如让于国栋看看她,可怜可怜她的想法简直是想入非非。于国栋出来进去,就是不看一眼明桂。

李书记出车祸死了,十分难过的是办公室的刘健康。李书记对他很好,很照顾他,还把他的女人安排在一个煤窑里当会计,那个煤窑是李书记个人的,只不过是用李书记弟弟的名字开了户。但李书记还没来得及把他提成办公室主任,许诺了,但这许诺已经变成了竹篮打水。李书记一死,这个事就不好办了。

刘健康像是得了一场大病,总是在那里不停地抖,两排牙上上下下地磕碰,简直像是跟了鬼。好长时间,他不敢坐车。

处理完死人,一下都显得冷清了。于国栋坐在办公室里,和谁也不说话,只是不停地坐在那里抽烟。乡里很快就投入到人代会的准备工作上,走廊里人来人往,二楼走廊最尽头的会议室已经布置好了，大红会标和紫盈盈的瓜叶菊让人觉得像是节日要降临了。这天，于国栋抽空到会议室看了看，他想看看自己的名签在什么地方，让他吃惊的是竟然没有看到，要在往常，他的名签一定会出现在主席台上。会议室里人很多，于国栋的心怦怦怦怦乱跳，他怕别人看到自己，又赶忙从会议室出来，回到自己办公室，心里毕竟有些气愤，想一想，还是打了电话给和自己办公室相隔不远的乡长。于国栋本来想当面去问一下，但想了想，觉得还是打个电话问问才好。

电话打了过去，于国栋问王乡长：

"主席台上怎么没有我的名签？"

"你想想，你现在还是副部长……"

平时对于国栋很客气的王乡长在电话里说在主席台上就座的都是正职。

"那宣传部也是我主持工作啊。"于国栋说。

"下一步再说吧，看看有什么变化。"

王乡长说这个时候要特别注意影响。

注意什么影响呢？于国栋想不通，也不知道下一步是什么意思？是把自己转正还是别的什么人来做这个部长？于国栋没再问，心里说不出是什么滋味，一气之下，他下了楼，这一次，他破天荒没坐乡里的车子。他出了乡政府的大门，往北看，往南看，等了一会，拦了一辆红色夏利出租车，他要出租车司机把车开到市里去，去什么地方呢？于国栋在车上想，他不知道自己应该去什么地方？后来他就让司机把车开到了凤凰宫。凤凰宫一带正在修路，道路两边刨开两道很深的沟。于国栋自己要了一间房，也没叫小姐，他想到了齐新丽，打开自己的手机，看了看上边齐新丽的号码，心里索然无味，想想，还是索然无味。后来，于国栋叫了小吃和一瓶干红，在那里一直睡到很晚。这一觉他睡得很香。

第二天是星期五，星期五乡里照例要开常委会。于国栋像往常一样，给自己沏了一杯茶，他用的茶杯是紫砂的，是往乡里跑茶叶的杨老板送的，这个杯子上刻着："于国栋主任雅赏。"因为这七个字，于国栋特别喜欢这个杯子，无论到什么地方开会都会端着它。于国栋端着茶，过去了，乡里的常委会通常都在一上二楼对着楼梯的小会议室里开，乡里的几个头头谁坐在那里都是固定的。于国栋端着茶杯进去，坐下。不一会，别的常委都已经到了，但会就是不开，人人都在闲扯。于国栋拿过一张报纸来看，等着王乡长说开会的事。李书记一死，乡里的工作就临时由王乡长来主持。

于国栋等着，等着，想不到等到的是王乡长的这么一句话。

王乡长说："于国栋你先出去一下，我们几个常委要议一下事。"

于国栋当下就愣住了，简直不会往起站了，膝盖甚至都软了一下。

于国栋参加乡常委会已经很长时间了，大家好像早就默认了他这个常委，可现在一下子就不行了。以前没一点点问题，现在都是问题了，因为他的级别不够，因为他是副职，因为他论级是个副科。于国栋站起来，那宝贝紫砂杯子也忘了拿，从小会议室里走了出去。他像是着了凉，禁不住有些微微发抖，这种感觉很快就传遍了全身，鸡皮疙瘩在他身上风起云涌，一直发展到脸上。

于国栋把自己关在办公室里，面对窗子边的那面镜子，看见自己的泪水从脸上流了下来，是汹涌而至，其汹涌的程度只有夏季窗玻璃上的骤雨才可以与之比拟。

窗外楼下的院子里，人们在种树，杏花已经开了，白白粉粉。

再远处，麦子早已返青了，新绿真是好看，绿之中有那么一点点娇黄，这是多么好的春天。

乡人代会开完了，开会期间于国栋没有出现，人们也不关心他在与不在，李书记一死，于国栋马上就连一点点分量都没有了，简直就像片一阵微气流可以被吹得无影无踪。区里重新任命了宣传部长。虽然于国栋继续当他的副部长，却一下子抬不起头了。想想当副部长以来的种种事，他倒是有些后悔，也算是有了一次长进，那就是：不到哪个位置一定不要做哪个位置的事，起码不要摆与你身份不符的派头。最让于国栋生气的是宣传部的小刘，过去是自己的小肉、小跑腿，去厕所都要跟上，格外媚气地给自己递擦手的纸。现在却一下子贴到了新来的部长身上去，对自己是冷脸冷屁股。让于国栋心里最难过的是他觉得自己是被愚弄了，被谁愚弄了？这个问题最突出，简直是致命的。于国栋已经想明白了，是被明桂！于国栋愤怒地问自己，问自己为什么把世界上最丑陋的女人找了当老婆？于国栋自己给自己做出的答案已经相当陈旧，也毫无意义，这只能让他的愤恨一点一点壮大。于国栋现在根本就不碰明桂，即使是睡在一起，有时候他宁肯自己解决问题，一下一下把自己那点儿传宗接代的汁液给搞出来也不肯碰明桂。

这天晚上，他在床上弄出的动静终于惊醒了明桂，明桂以为是地震了，吓了一跳，在暗中，一下子坐起来，一把抓住于国栋。

"国栋，地震，孩子！"

明桂说。

于国栋的自慰被打断，恼火简直是从天而降。

"地什么震！"

于国栋说：

"震你个妈×！"

于国栋三下两下扒下了明桂的内裤，很粗暴地进行开了，这把明桂吓了一跳。于国栋让自己闭着眼睛还不行，后来索性叫起齐新丽的名字来，以前是想，现在是叫，这简直是突发的灵感，一种不能自已的报复，内心的一种解放运动，于国栋感觉到一种新鲜的冲动，这冲动让他获得了前所未有的快感："齐新丽、齐新丽、齐新丽、齐新丽。"于国栋的声音很大，站在窗外都能听到。这怎么能让明桂接受，明桂的嘴张得老大。

"下去！"

明桂说，是妇联主任的口气。

"我干你！"

于国栋说："齐新丽，我干你！"

"下去！"

明桂说，妇联主任在说话。

"给你！给你！给你！再给你！给——你！"

于国栋用着大力。

"于国栋，你太过分了！"

明桂反抗了，又断喝一声。

于国栋索性又高声叫了起来：

"齐新丽、齐新丽、齐新丽、齐新丽。"

明桂用力推开于国栋，于国栋又用力进入，明桂又用力推开，于国栋又用力进入，是你死我活，是一场真正的战斗，一场寸土必争，一场分毫不让。明桂在于国栋的身子下喘不过气来了，长这么大，她从来都没受过这种侮辱，在暗中，明桂的眼睛越瞪越大，她伸出手，摸索电门开关，聪明的明桂，知道于国栋最怕什么，她猛地，一下把灯开亮了。这对于国栋可不是一般的打击，他终于停住了，他把明桂的头发一把抓住。

"把灯拉灭！"

于国栋说。

明桂不动，也不挣一下。

"你给我把灯拉灭！"

于国栋又说。

明桂还是不动，不挣一下，人像死了过去，眼泪却一点一点从她的眼里流下来。她猛地咬住被子，这一次，她是在心里喊了出来：

"爸——"

"爸——"

"爸——"

于国栋当然听不到明桂内心轰然崩塌的声音，他没有松手，力量用得更大。

"你还有什么用？有什么用？有什么用？"

于国栋的心里是悲怆的，这悲怆浮在失望之上，就像浮在天上的乌云，随时都会落下铺天盖地白花花的冰雹。这冰雹每一颗都注定要落在明桂的头上。

二十一

明桂还是决定给儿子于明过个百岁,无论出了什么事都不能阻挡她这种想法。明桂现在倒是庆幸自己的肚子给于家结出这么个果子来。只有这块从自己肚子里掉下来的肉可以给自己在于家的地位,可以把于国栋牢牢拴住。出了那天晚上的事之后,明桂明白自己更要把于国栋死死攥住才行,那晚上的事,明桂对任何人都没说,她呆呆地想了两天,分析、综合、审时度势,越想越怕。

明桂抱着孩子在屋子里走来走去,"踢托、踢托、踢托、踢托、踢托",明桂的脑子现在转得慢了,是她脚步的拍子,"啪啪、啪啪、啪啪、啪啪、啪啪",明桂要自己给自己拿个主意,或想个什么办法。今后的日子太漫长,路漫漫其修远,很难一眼看到底了,往后不说也罢,她只求眼下,父亲一去世,明桂忽然现实了,她要明白自己下一步怎么走。最主要的,她要有个人给自己拿主意,以前是她爸,现在她觉着自己孤单了。

于国凤现在是隔三岔五就要过来看嫂子明桂,她现在简直和嫂子明桂是朋友。于国凤是出于真心,一点点别的成分都没有,再加上她对自己侄子的喜爱,那种喜爱,是只有在骨肉和血脉里才会找到,无比深厚,莫名其妙,连皮带肉,全心全意。于国凤看嫂子明桂脸色不好,问她怎么了?甚至还伸手摸了摸明桂的额头:

"是不是不舒服?"

明桂对小姑子于国凤只说这几天自己是感冒了,头有些疼:

"你这侄子也太缠人,国凤你来了,我就可以休息休息。"

明桂要国凤把孩子抱到另一间屋里去玩,她要和母亲章玉凤商量事。

章玉凤自从丈夫去世就一直病在床上，是那种可以起来也可以躺下的病，是心里的病，心里的病几乎是一切身体上的病的总统帅，可以支配胳膊和腿动一动，也可以支配胳膊和腿不动。为了她的身体，明桂劝她暂时不要再打麻将，她总是一上麻将桌精神就来了，十六圈一下来，人就垮了，明桂要她的母亲章玉凤精精神神的，这个家才像个家。章玉凤毕竟是明桂的母亲，资深的乡村妇女干部，她最知道女儿，明桂的父亲出事以来，她只觉得人生真是短，怎么很快就过去了？章玉凤从来没像现在这样关心过明桂，这种关心近乎于心痛。明桂也从来没这样侍候过母亲，天天给她端汤端药，明桂越这样，章玉凤的心里越难过。章玉凤想起自己年轻的时候为了入党，为了表现给上边看，和明桂父亲刚刚结婚就发誓为了学大寨坚决不要孩子，当时这条消息还登了省城的报纸，题目是《中华儿女多奇志》。让所有已经结婚和准备结婚的青年们都向她学习，这时代精神的伟大之处就在于：革命在先，传宗接代在后，学大寨第一，床上的事只能过后再考虑。那时候，她只有大把大把吃避孕药。明桂的父亲又很贪那事，总是要，几乎是天天都要，晚上那一次是吃夜宵，早上那一次是吃早餐，夜宵早餐是顿顿不误，胃口出奇地好，这就苦了章玉凤身上的锅灶。而明桂的父亲又总是不愿从自身做起，比如戴个套子，就总是靠她吃药来避孕，结果是把个人吃坏了，章玉凤终于给吃坏了，人们都这么说。章玉凤吃坏了的最最直接的结果就是表现在了明桂的身上，而章玉凤最清楚不过的是明桂之所以是这样，不单单是因为吃药。为了不要肚子里的明桂，章玉凤听了别人的话想把她勒下来，就拼命地往紧了勒裤腰带，人们都说明桂是给她勒坏的，勒成了这么个怪样子。

"明桂，妈对不起你。"

章玉凤躺在床上，用手抚着明桂，手是凉的，温度已经随着明桂的父亲去了。

"我这不是挺好，个子矮怕什么？"

章玉凤一张口，明桂就知道她妈心里的内容是什么。

明桂现在对她母亲的情绪变了，变得十分亲和又自然而然，就像一个人失去了一条腿才忽然对另一条腿倍加珍视，恨不得给这条腿穿两条裤子。明桂说世界上还有比自己矮的人呢："人是活心，又不是活人。"话虽这么说，明桂心里好一阵子难受。这难受是有针对的，针对于国栋，于国栋和自己相比是太漂亮了，他要是丑一点就好了，明桂这几天一直这么想，甚至想：于国栋要是猛然长出一脸的黄疮，或者出一点什么事，让他那张脸难看一点多好，或者干脆出一场车祸，别的地方都不要坏，只把脸坏了和自己扯平了也算，漂亮有什么用？这种想法从前一点点都没有过，父亲一去世，这种古怪的念头就一下子从心里张牙舞爪跳了出来。以前明桂和于国栋一起出现在人们面前，她心里满满当当都是得意和骄傲。现在明桂怕的就是和于国栋在一起，怕的就是人们那刀子一样的目光。以前的骄傲是有底，这个底就是她那当书记的父亲，是合金钢的底，踩都踩不坏，踩都踩不坏，现在这个底没有了，真正是一只船没了底，正在向无比的深渊里沉下去。明桂在心里再清楚不过，于国栋凭什么找自己，就是为了找靠山，现在靠山倒了，倒的是那样突然，那样让人想都想不到。在别人眼里，是倒了一座山，在明桂这里，却是船没了底，是要命，是沉沦。那天夜里，于国栋的行为让明桂齿冷胆寒。"齐新丽、齐新丽、齐新丽、齐新丽"，一连几天，明桂的耳朵里满满都是于国栋呼喊齐新丽的声音。这声音像是已经永远被录在了明桂的脑子里，只要一想起，明桂的头就会像是给灌了糨糊，不是疼，也不是木，是糊涂，糊涂之中有入骨的恨，恨得又很茫然，目标不太明确，不知是恨于国栋还是恨齐新丽还是恨自己？

明桂一时没了主意，但也仅仅是一时。明桂现在忽然又有主意了，主意是在无边的绝望中突然产生的，是从天而降。这是因为国梁的媳妇毛凤，毛凤肚子里的内容也已经定了性，她刚去医院做了B超，是个女孩。这让明桂有说不出的欣喜，简直像是毛凤送了她礼物，这真是一份贵重而让人意想不到的礼物。明桂定了：就是要把儿子的百岁办好！让所有的人都不敢小瞧自己，从于家那边说，只有靠了自己，他们老于家的香火才接住了。毛凤给了明桂一次机会，让她再次拥有了本钱，这本钱一夜间突然变本加厉，好啊。所以她执意要给儿子过百岁。到时候，她要让乡里的人都到场。但这种想法毕竟有些不着边际，是远远的山，远远的水，山上长着什么树？水里飘着什么物？明桂看不清。明桂想和她母亲章玉凤商量如何给儿子过百岁的事情，要母亲拿主意。

"别过了吧，你爸都不在了。"

章玉凤毕竟老到。

"为什么？"

明桂眼里的火苗一闪。

"我怕你转不动了。"

章玉凤说。

"哪会！"

明桂厉声说："那些人都是我爸提起来的，哪会！"

"你不明白。"

章玉凤说，看着明桂。

"他们明白就行了！"

明桂厉声说，好像那些人就在面前。

"自己一家人吃一顿算了。"

章玉凤又说。

"我就是要给别人看。"

明桂两只眼里是无边无际的激动。

章玉凤摸了摸明桂的头发，不说话了。

"为了我，我也得办，我要让于国栋和所有的人看看！"

明桂站起来，对她妈说。

明桂让自己不要太激动，就又坐了下来，是一个肉团。这个肉团让章玉凤心酸，说实在的，她也没有主意。以前的章玉凤是多么的雄赳赳，而她现在浑身上下只有经验而没有一点点胆了，那经验也只让她对各种事都生怕。在她的眼里，明桂的父亲是一根结结实实的绳子，于国栋是什么，就是被拴在绳子另一头的东西，是什么东西，不好说，但这条绳子一下子断了。下边的事，连她自己也不知道了。章玉凤甚至都想到了让明桂和于国栋离了算了。

"问题怕就怕人家不要你，不是你不要他。"

章玉凤这次和明桂的谈话是她们母女之间最为深刻的一次，这次谈话让她们母女再没有了一点点隔阂，是站在一条战线上了。

"我要死死攥住于国栋！"

明桂说，一个聪明女人的愚蠢和占有欲望全在这句话里了。

"桂，就怕你玩不转了。"

章玉凤叫了一声明桂的爱称。

明桂猛地转过身去，眼里是一点点的泪花，她站起来，浑身都是火，她在母亲章玉凤的视线里"踢托、踢托"地走过来走过去。章玉凤能感觉到明桂的心里有一股很狠的劲道，这劲道怎么说，就好像是用牛筋拧的绳子，又在水里泡过了，就是那么一股劲道，这根牛筋绳子不知要把谁勒死，不是把别人，就是把明桂自己。

"那就办吧，走着看。"

章玉凤说话了，她的话都在这里了。

明桂这才又坐下来，眼睛一转一转，她主意已定，她就是要弄出大动静，让乡里的人都看到，她父亲李书记虽然死了，但李家的火势还很旺。

明桂猛地长长出了一口气，心里的气终于顺过来了。

章玉凤看着自己的女儿，眼瞪得很大，但眼里却没有一点点内容，是空洞的。

二十二

明桂没和于国栋商量，过百岁的事就这么定了下来。

明桂想好了，城里的饭店再好也不去，百岁就在乡政府后边的食堂里过，这一个战役就是要在乡里打响才漂亮。乡食堂一共有两间饭厅，小饭厅是乡干部吃饭的地方，大饭厅是一般人的。小饭厅里可以放三桌，大饭厅里摆五桌还宽宽绰绰。整整八桌，差不多乡政府里的人都坐下了，还有于家的人。明桂从来没像现在这样激动过，好像也从来没有办过这样大的事，这事在她心里是太大了，她要让于国栋看看，看什么？看看她的本事，看看她们李家的威势还没有倒下来，虽然李书记死了，她们家还没有倒下！于国栋还要靠她们李家！这一点，明桂想得最清楚，她要做出来让于国栋看，要让他觉着当李家的女婿还是值得。这一回，是明桂自己来操办了，当然她离不开办公室的刘健康，她要刘健康帮他跑里跑外，请人的名单都定下了，写在一张纸上，又一一抄了大红请帖，星期五就都送了出去。乡政府的能请都要请到。明桂要把儿子的百岁办得十分排场，十分不一般，这排场和不一般其实烘托的是她自己。明桂安排的百岁宴可以说是款式十分新颖，首先是每一桌上都有鲜花。这就显出了明桂的不同寻常，她让刘健康去订的花篮，八个花篮里全是红花，而且全是一水的红色月季，每一朵都愉快地开放着。好烟与好酒，都给一箱子一箱子提前搬到了食堂那边，还有水果、苹果和橘子，还有瓜子，黑瓜子和白瓜子，还有糖果，硬糖和软糖。办事这天是星期天，乡里休息。

　　明桂禁不住心里的激动，先去了乡食堂，她要先摆一桌看看，简直是预演的性质。她要刘健康帮她摆一个桌子看，她坐在那里，看着刘健康摆桌子。先把一个花篮放在桌子中间，然后四边是水果盘和瓜子盘，再加上香烟盘和糖果盘，还有一个口香糖盘子。五个盘子像一朵梅花，很好看。明桂坐在那里，看摆好的桌子。食堂里此时此刻空荡荡的，明桂就一个人坐在那里，想象着明天的盛况，两眼几乎都要放出光来。毕竟李书记已经不在了，明桂还要对那些食堂里忙忙碌碌的大师傅们表示一下心意，给他们每人先发了一盒好烟。食堂的大师傅们都是临时工，比较听话，而且这又是李书记的事，李书记活着和死掉对他们而言没有多大的区别，他们的工作就是不停地烹炸煎炒。明桂事先拉了明细菜单，一共是八凉八热，料也都买了回来，都放在纸箱子里，熟肉和生肉，牛肉和猪羊肉，鱼和大虾。还有一道特色菜，也是时下最时兴的，就是狗肉锅，两条狗已给剥了皮开过膛，红红地挂在那里龇牙咧嘴，很快就要给一刀刀分割开下锅变成美味。各种准备上桌的东西，都已经该煮的煮，该过油的过油。厨房里，两个大厨四个小厨都在忙，油烟滚滚，香气四溢，充满了节日气氛。这是星期六早上，明桂中午回去睡了一会，到了下午，明桂又来了，她不放心，"踢托、踢托、踢托、踢托"地在厨房里出来进去，进去出来。也不知是热还是兴奋，明桂的脸红彤彤的，跟在她后边的，还有国凤，明桂把国凤叫上了，这样她就有个伴，好说个话。国凤插不上手，只能跟在明桂后边走来走去。帮着明桂看看这个箱子，再看看那个箱子，说着明天收礼和分发香烟和糖果的事。这种事，看上去没啥，其实最累人，办事当总管其实不是轻松活，倒是一个体力活，又要操心，又要眼到手到。这一点，明桂也想到了，她把这事都交给了刘健康。明桂对刘健康是一百个放心。她明白刘健康飞不到天上去，他女人在自己家的煤窑上当会计。

  于国凤看她嫂子一个人忙,心里过不去,口气生硬地打电话把她哥于国栋叫了过来。那天晚上之后,明桂一直和于国栋没有正面说过几句话。于国栋来了,手里端着那个紫砂杯子,他要的就是这么个派头,无论去什么地方都要端着这个紫砂杯子,这杯子就是最好的名片,上边的七个字"于国栋主任雅赏",每一个字都是巨大的尊荣。

  于国栋到食堂这边来看了看,他想不到明桂会这样大办。

  春天来了,于国栋穿了一件纯黑的夹克衫,里边是半高领薄毛衣,黑白分明,下边是一双黑色休闲鞋,人就显得更精神。在别人面前,明桂不愿让人察觉出她和于国栋之间有什么事。她踢托、踢托、踢托、踢托随着于国栋看东看西。两个人有问有答,像织布机上的梭子,一来一去,一来一去,工作有序而单调乏味,但目光就是接不在一起。

  于国栋把一张旧报纸铺在食堂的凳子上坐下来,点了一支烟,和他妹子国凤说话。于国栋看看桌上的鲜花,窗外打进来的阳光正照在桌上的鲜花上,鲜花就显得格外鲜亮,像是要放出光来。于国栋说话了,说摆鲜花其实是浪费:

  "可以租一些花篮,用完了再送回去。"

  "这是鲜花,那是假花,假花再多都是假的,哪有鲜花好，你儿子一辈子也只过一个百岁。"

明桂马上说了话，她很强调"你儿子"这三个字，每个字都有无法估量的分量。

"晚上谁来下夜？"

于国栋没接明桂的话，却把话转了方向，一说到儿子，不知为什么，他就有点心虚。于国栋说这么多东西，别肥了小偷。说话的时候，于国栋扫了一下明桂。明桂的眼睛就要和于国栋的接住了，但于国栋一下子又把目光滑开，滑向刘健康。

"晚上我在吧。"

刘健康在一边说了话。

明桂看看刘健康，又把目光往于国栋那边扫去，想不到于国栋正在看自己，那目光正要和明桂的目光接住，于国栋却把目光又一滑，滑向了于国凤：

"让你二哥来，去给他打电话，也让他做点事。别只知道安安逸逸地住现成房子，装潢房子他一个钱也不花，好烟好酒他一点儿都不少享受，让他来。"

于国栋视察完了，他的派头是视察，端起杯子，回去了。

明桂正在兴奋之中，她在乡食堂坐到很晚。看那几个厨子忙碌，她只坐着，也是一头一脸的汗。

不管是谁来下夜，该发生的事还是发生了。

事情发生在星期天的早上,于家老二真给过来下了一晚上夜。早上刘健康来了他才走。这时候明桂在家里,她在穿什么衣服这个问题上费了好一阵时间,她明白虽说是给孩子过百岁,主角却是她。她先是选了一身黑中带竖条纹的女式西服,对着镜子照照,觉得不是这种日子的衣服,便又换了一条米色的裤子,上身却是过年时穿过的那种很长的中式红外罩,立领很高,倒可以把脸显得小一些,在镜子前照来照去。这也不是这个时候穿的衣服,她便又换了一套。这一套衣服是很短的小袄,衣服短,正好可以让身材显得高那么一点点,这件短袄的好处在于是两种色,从肩部开始两条袖子是很浅的灰色,前后身却是深灰色,这么一来呢,离远了看,人就真是很苗条。明桂很满意这件衣服,对着镜子,站远了,看了又看,终于定了下来。换好衣服,她然后才给儿子换衣服,给儿子穿什么衣服又费了一番周章,最终还是决定穿那身红绸子小袄。章玉凤不缺钱,她给外孙买了一个二十克重的小金锁,虽然现在的小孩很少有带锁的。明桂执意要把它戴出来,金晃晃的带在红袄上真是好看。明桂执意要她妈也去,这种热闹场合,章玉凤已经很少去了。但这一回不同,是给外孙过百岁。章玉凤往那里一坐,味道就不一样了。

　　章玉凤也换了衣服,但她说她不必去那么早,十二点半到正好,她还可以玩两圈。

于家的人是这时候到的,于家的人先到上边看了看,提了一盒点心,算是看亲家,然后又下边的小平房。也就是在这个时候,刘健康出现了,刘健康冲开门扬着两手就扑了进来。

明桂一看刘健康的样子就知道出事了,刘健康的嘴唇和脸色很说明问题。

明桂马上把刘健康拉到厨房里,关上门,压低了嗓子:

"什么事?是不是有事?"

明桂对刘健康是太熟悉了,就像对自己熟悉一样。

刘健康一急就嘴唇乱抖,这会又抖开了:

"我对不起你,明桂,你快去看看,中午的饭怕是吃不成了。"

明桂已经换好了衣服,心怦怦乱跳,她捂着自己的胸口,马上就跟着刘健康下了楼,小孩给她姑国凤抱着。明桂不知道出了什么事,所以她不愿意让于国栋跟上来。于国栋正和于家的人说话抽烟嗑瓜子。

乡政府离明桂家不远,过马路,几步路就到,明桂看到乡政府后院食堂的烟囱了,还看到了袅袅上升的青烟。她进了院子,还没进到食堂就看见了一些人,这些人抱着些什么正往外走。这些人都是乡里的熟人,他们也看见明桂了,但他们看见就像是没看见。明桂进了食堂,被眼前的情景惊呆了。食堂里还有几个人,正在那里抢着拿最后的东西。明桂是多么精明的人，她马上就明白发生什么事了。她"踢托踢托踢托踢托"抢了几步去了西边那间放东西的屋，屋里一片狼藉，放香烟和酒的纸箱子早空了，还有放糖果水果的纸箱子，也什么都没了，破箱子扔了一地。明桂又"踢托踢托踢托踢托"快走几步进了厨房，眼前的情形让她差点就一屁股坐到了地上。厨房里也空空如也，昨天做好的各种菜各种牛羊肉都不见了，还有那两条狗。此时还有几个人，正围着蒸锅从笼里往外拿最后的蒸肉条和丸子。他们看见了明桂，停了一下，但也只是停了一下，然后又大干了起来。

明桂站在那里，傻了，多么会说话的嘴，像是被线缝上了。她看着那几个人，都是乡里的熟人，他们把蒸笼里最后的碗菜取出来，汁水淋漓地倒在他们带来的家伙里，出门的时候，他们还朝明桂点点头。

明桂傻在那里，一动不动，不会动了。

那几个厨房里的人都不知道躲到了哪里。

明桂被突然的扑通声吓了一跳，回过头，是刘健康一屁股坐在了地上，他要坐凳子，却一下子坐在了地上。桌子上，那些花呢？没人拿那些花，还都好好放在每一张桌子上，红红地热烈着，每一朵都比昨天开得大，还要好看。

"谁带的头？"

明桂蹲下来，问刘健康。

"不是一个,很多。"

刘健康说是很多人一下子闯了进来,进来就拿东西,拿了就走,拦都拦不住。

"很多人,来了一批又一批,好像是合计好的,还开了小车,把酒和烟放车上拉走。"

刘健康说了一大串名字,都是乡里的。

明桂听着,只是不再说话,胸脯那里,忽然一下子鼓了起来,老高一大块,又忽然一下子降了下去,是一个深坑,忽然一下子又鼓了起来,又是老高一大块,忽然又落了下去,又是一个深坑。明桂憋着,不让自己发出声,她猛地用双手把自己的嘴捂住,想用两手把自己死死捂住,干脆把自己捂死算了,她心里这么想,但怎么能够,嗯的一声,短促、强烈,只一声,还是爆发了出来,声音是那么让人恐怖。

刘健康马上从地上跳了起来,躲在一边的两个厨子也跑了出来。

明桂脸色惨白,她已经死死咬住了自己的手,有几滴血从明桂的手指缝里滴了下来。

于国栋偏偏在这个时候出现了,他想不到会出这种事,手里还端着那个紫砂茶杯,里边是刚刚沏好的一杯过了时的好茶。他一进来就马上明白发生什么事了,脸色变了。他进了厨房,又出来,在屋子里转了几圈,愤怒就像是一只二踢脚炮仗，嘭的一声爆了，一下飞上去，一点点目标都没有，可以飞到东也可以飞到西，但那炮仗马上又落了下来并且发出了巨响，落下来的时候目标就有了，这目标就是明桂：

"你还以为你是谁！你还以为你老子活着！你看你人不人鬼不鬼！你还有什么用！"

于国栋对着明桂喊，然后开始摔东西，但他也没什么东西可摔，他左右看看，一手端着杯子，一手把桌子上的那些鲜花扔到脚下，用脚踩，用脚搓，地上马上是红红的一片。这还不够，于国栋从来都没受过这样大的刺激，于国栋扬起手来，那个刻了"于国栋主任雅赏"七个字的紫砂杯从半空落下来，在地上马上粉碎，碎片飞扬起来，又落下去。

明桂不知道自己是怎样一路"踢托踢托踢托踢托"跌跌撞撞回的家，刘健康紧跟在她的后边，很怕她出什么事。中午的事怎么办？真是一个太大的难题，但明桂现在不想这些了，她恨不得马上就死掉，那些被请的客人来了怎么办她都不想了。当妇联主任多年的明桂第一次这样乱了方寸。她回到家的时候，却看见母亲章玉凤正坐在牌桌边和人玩牌。明桂一挺一挺地过去，没说一句话，满眼是泪，两手一扬，一下子，把那牌桌给掀翻，麻将牌噼里啪啦落了一地。

明桂反身跑进了卫生间，把自己关了进去，她用两手撑着洗脸池，胸脯在那里一起一伏一起一伏。这是明桂的习惯，出了什么事，她总是把自己关在卫生间，泪水模糊了她的视线，镜子里的自己模糊一片，很不真实，像是在梦里，却真真实实又是在现实中。

外边的人，听不到卫生间里有一点儿声音。

卫生间里的明桂，也听不到外面有一点儿声音。

偌大的一个屋子，像是一下子死掉了，静得没有一点儿声音。

二十三

　　转眼已经是七月了，明桂足足有三个月没出门，也没病，也没疼，但她就是不出门。虽说没病，但她比有病还要难受。她想今后的日子该怎么过？怎么再踏上乡政府的楼梯？怎么再继续当她的妇联主任？她是只有问题而没有答案，想这些问题把她的头都想疼了。她把椅子放在窗前，人坐在那里，目光是十分涣散。手里是儿子的小毛衣，打了一件又一件，打了一件又一件，打了小的，又打大一点的，打了大一点的，又打更大一点的，最大的一件，于国栋都几乎可以穿了。打这么多毛衣，让人都有点害怕了，家里人都不知明桂要做什么。打就打吧，反正家里有的是毛线，都是李书记活着的时候别人送来的。明桂这里一有事，她母亲章玉凤倒精神了起来。她精神好了起来也没别的做，只有一件事，就是把人招来了打牌，她现在打牌，是一半的心在牌上，一半的心在明桂身上，眼睛在牌上，耳朵在明桂那里。思路一乱，总是别人催她出牌，章玉凤现在的日子过得也真是难熬。

明桂现在的路很短，一辈子都没这样短过。就是从她下边的平房到上边的小二层，再从上边的小二层下到下边的小平房。李书记的这栋二层小楼是孤零零四面无靠，李书记当年要的就是这种格局，虽然四面无靠，但四面又很丰富，绿化得很好，四面都种满了果树。过去是花团锦簇，就是没有花，还有叶，李书记的二层红砖小楼就是花，被衬托得恰好，很旺气，让许多人羡慕。但现在不一样了，现在是冷清，树还在，而且已经结满了果，明桂可以从窗子里看到房子四面树上圆溜溜的果子，正在上色，像正准备要出嫁的姑娘在那里背着人悄悄化妆，没有笔也没有化妆盒，那果子上却慢慢有了红颜色。这就是时光，不声不响而又火车头一样一刻不停地向前，时间就这样过去了。四面的果树上落满了鸟，过去是热闹，喳喳喳喳地叫着，不管是什么鸟，每一声都是喜鹊叫。现在的鸟叫却是着意要衬托李书记家的冷清，只只都是乌鸦。明桂现在倒是喜欢上搓麻将的声音了，哗哗哗哗之中有些热闹的意思，一两天章玉凤不招人来玩，明桂倒会催她母亲招人过来。

整整三个月，明桂没有出门，连于国栋都不忍了，说：

"你也去乡政府看看，你怕什么？"

于国栋当然不怕，他现在是已经横了心，左右他这个副主任没人敢撤，也没什么事，就是撤了也无所谓。于国栋现在是一切都无所谓，该说就说，该笑就笑，该怎么就怎么，办百岁抢食堂的事是一次扯破脸行动，脸都扯破了还有什么不好意思，于国栋现在是什么也不怕，直出直入，就像是变了一个人，人像是更有气魄了。于国栋在等待机会，他也不知道会有什么机会？下一次换届，或者是再找个什么靠山？有一点他明白，李书记十二年的乡书记没有白当，家底厚得很，抢一百次也未必能伤了李家的一点点元气，而且还有两个煤窑给明桂叔叔代管着，代管只是代管，说来还是李书记的，更明确一点是明桂的，再往深里说，是他于国栋的。于国栋觉得自己腰很粗，只要调息了气息，还怕没发展？

明桂整整三个月没出门，对乡里就说是病了，皇帝老子也不能不让人生病。这三个月里，于国栋该做的做了，不该做的也做了。于国栋现在觉出了自由的好来，要是明桂的父亲李书记还活着，他不敢这样，他只能夹着尾巴做狗。于国栋经历过了，就像是一个人，努力地爬山头，终于爬到一个山头了，前边还有一个，他还要爬，却突然从山头出溜了下去，但他已经都经过了，山头上也不过是那样子，也就无所谓了。于国栋现在对明桂，也好像就那样了，反正她现在总是待在上边，丑就丑吧，自己及时行乐，走一步看一步吧。

这一天，在办公室里，于国栋突然接到了一个电话，是齐新丽的，于国栋愣了一下。

"我是齐新丽，你说话呀，你怎么不说话？"

等了好一会，齐新丽又说。

于国栋这才对着电话说起话来，说你怎么想起打电话了？

"靠山倒了吧？"

齐新丽的玩笑既尖锐又随便，是一刀见血，是单刀直入。

于国栋手里拿着电话又是好半天没说出话来，说什么？于国栋不知道说什么，他现在是连一点点幽默感都没有。想开个与床笫有关的笑话，环境又不对，他是在办公室。

"你看看我在什么地方？"

齐新丽又在电话里说，这话让于国栋很紧张，这说明齐新丽就在附近，在什么地方？齐新丽的声音又在电话里出现了：

"你从窗子朝楼下看。"

齐新丽就站在乡政府的院子里，七月的院子里五颜六色，从于国栋的窗子看下去，是一个水池，里边是假山，水池里现在没有水,却种满了各种花,雏菊居多,黄得都让眼睛受不了。齐新丽就站在花坛边上。于国栋想起来了,这天乡里搞干部普法考试,在大礼堂。学校来人是监考。于国栋让自己把声音放平了,不要激动,其实他也不激动,他对电话里的齐新丽说:

"大家都考完了你怎么还不走?"

齐新丽在电话里笑笑,说:

"见不上人,还不能让人看看你的窗子。"

于国栋站在窗前,朝下看,齐新丽尽收眼底,齐新丽穿着一身很漂亮的时装,不说款式,光看衣料就很高档。齐新丽当然知道于国栋的办公室是哪个窗子,但她偏偏看着别处。于国栋的欲望忽然变成了一个巨大的坑,必须要有什么马上把它填满才行。这需要有多少情欲的土方?这情欲的土方又要于国栋出多少力流多少汗。于国栋马上做出了决定,让齐新丽先走一步,去凤凰宫,他随后就到。

于国栋现在浑身上下都是性的气息,十个手指上,每一个眼神上,每一个动作上都是性,他好像是进了桑拿房,每一个毛孔都在咝咝咝咝、咝咝咝咝发出呼喊。他很快就下了楼,打了出租车。三个月来,于国栋一直像是刚刚被插到地里的秧苗,蔫蔫的,现在一下子吸足了水分,挺拔了。好时光终于又来了。

齐新丽适时地出现在了于国栋的面前。于国栋现在又成了齐新丽的主攻对象。齐新丽和季老师彻底完了，季老师给她的两只乳房留下了好长时间都去不掉的乌青之后找了乡下姑娘结了婚。那乡下姑娘比季老师小八岁，那是一片多么纯洁而没有被人开垦过的处女地啊，土壤肥厚而汁水丰盈。季老师现在是日出而"做"日入而息，他下功夫认真耕种这片处女地，用从齐新丽那里学来的耕作技术在这片地上深耕细作。季老师现在的心里充满了对于国栋的嘲笑和批判，在心里，于国栋简直已经是一堆狗屎了，于国栋的靠山呢，已经倒了！倒得好啊！季老师现在是骄傲得不得了，自己的女人怎么说都要比明桂强一百倍，更比那个烂货齐新丽要好到天上去。和齐新丽分手的时候季老师着意让几乎是所有的人知道了齐新丽和他有过一腿了，这好像是一种宣判，和宣判的作用一样，有力而不容分说。

"我怕什么？"

季老师对自己说。

齐新丽被推到了一种绝境，可以说是绝境，这时候她想到了于国栋，于国栋岳父的驾鹤仙游让她又一次看到了希望，让她喜出望外。明桂怎么和自己相比？她相信。只要自己轻轻一动小手指，于国栋就会被钩过来。

在凤凰宫里，于国栋感到齐新丽是进步了，这进步其实是季老师的培训结果,季老师从三级片上学来的知识一点一点都让齐新丽细细实践过,所以,齐新丽现在的新样式是层出不穷的,弄得于国栋身上的每一根神经都群情激昂。齐新丽伸出她那粉粉的舌头,因为搜索,这粉红色的舌头变得尖尖的,像是泡螺的软足,这尖尖软软的东西像是怕触到掩埋在于国栋皮之下的地雷,慢慢地扫遍于国栋的全身,终于让它扫到地雷了,这地雷从形状上分析很难归类,这地雷就在于国栋的身体最隐秘处。齐新丽用她软软尖尖的舌头在那里排雷了,这地雷最终不是被排掉,而是被引爆了,被这枚地雷摧毁的倒是于国栋自己。这样的经历于国栋还从来没有过。

"齐新丽呀,齐新丽呀,齐新丽呀!"

于国栋说不出别的来了,有点张口结舌。

"我要跟你结婚。"

这是齐新丽的话,这口气倒有几分像明桂,是决定,是下达文件。

"那明桂咋办?"

于国栋好像已经开始布置这件事了,他看着齐新丽。

"我不管。"

齐新丽说。

于国栋这时才后悔刚才没有采取措施,他摸了摸,摸到了床缝里的避孕套。取一个出来,拉长了,往里边吹气,索性吹大了，吹得很大，然后用手扎住了口。于国栋把吹大的避孕套在齐新丽的头上轻轻打了几下。然后把这个巨大的充气避孕套扎住了口，在上边摩擦了几下，一下子把它扔起来，贴到天花板上了。

于国栋问齐新丽：

"如果娶你，我儿子呢？"

"你上来！"

齐新丽眼里忽然迸发了泪花，她要于国栋再次上来，她也要给于国栋生一个孩子。于国栋倒有些被动了。齐新丽这时忽然泪如泉涌，这让于国栋手足无措。齐新丽忽然用两只手抱住了于国栋的脖子：

"你亲亲我，你亲亲我，你亲亲我。"

后来这话就变成：

"你不能不要我，你不能不要我，你不能不要我。"

再后来，这话就变成了：

"我要给你生个孩子！我要给你生个孩子！我要给你生个孩子！"

齐新丽已经是泪流满面。

齐新丽现在已经豁出去了，真正让她受到伤害的是季老师，让她敢于豁出去的动力也缘于季老师。连姓季的都一下子说甩开她就甩开她，这让她觉得自己必须死死抓住什么才行，否则，自己什么也不是。现在这个要抓住的目标已经清楚了，就是于国栋，抓住于国栋可以一箭双雕，既报复了季老师，又报复了明桂。

"好啊，来吧！"她听见自己在心里说。

二十四

齐新丽上门了，去了明桂的家。

这一天，是齐新丽自己上的门，她给自己壮了胆子，她豁出去了。她觉得于国栋爱的是自己，只不过是明桂把他夺了去，依仗着她那当书记的父亲。现在，好了，李书记不在了，她李明桂还有什么靠山？是她齐新丽该把于国栋夺回来的时候了。她觉得总是会有这一天的，这一天早来要比晚来好。是大白天，她骑着那辆红色的女式车。她抱着让于国栋和明桂一离两开的心思，亲自上门了。她从于国栋的嘴里知道明桂现在整天待在小二层上没完没了地织毛衣。齐新丽就把那辆车子打在了明桂家的院门口,用链锁把车子锁在了院门口的树上。她这是给明桂看,她这是多么勇敢。她的出现,于国栋都吃了一惊,简直是吃了一大惊,他想不到她会来。这又让于国栋激动,就像汽油遇到了火苗子,嘭的一声就着了。这是大白天,时候是七月,天太热,窗子不打开人就会热得受不了。齐新丽进去就和于国栋干开了,是掐头去尾而又最直接的折子戏,没有前边的铺垫,进去就干。齐新丽比于国栋还勇敢,齐新丽的心里很明确,现在倒是于国栋有些被动了,有些害怕,怕搞得太过火不好收拾。毕竟是在自己家,毕竟是在乡政府旁边。

高潮起的时候,齐新丽叫了起来。

"不行,这不行。"

于国栋想停下来,但又无法停下来,他用毛巾盖在齐新丽的嘴上,但声音是盖不住的,他又用一条大毛巾被把自己和齐新丽全部盖了起来,但天气太热了,两个人马上就热得受不了。于国栋又一脚把毛巾被踢掉。这是一场真正的大干,大跃进的气势,气焰和火候都比得上大炼钢铁劲头。齐新丽是在完成自己给自己下达的命令,于国栋是从来没有过的激情飞越,都快飞越过头了。于国栋于喘息之际想到了自己曾写过的一篇文章的题目《从头飞越》,还真有点儿那个味道。

齐新丽的叫声传得很远,简直像是在练声,既不是美声唱法也不是民族唱法,是肆无忌惮。终于被楼上的明桂听到了,她坐在那里没完没了地给她儿子打毛衣,现在是裤子了,一条红色的小毛裤。明桂以为发生了什么事,前几天那个女疯子是不是又来了?明桂循声朝窗下一看,脸色一下子就变了。明桂看到了那辆停在她家院门口的自行车,红色女式自行车。明桂一下子就认出来了,当然也就马上明白了叫声是从哪里发出来的了。齐新丽的声音让明桂觉得害怕,又太突然,她一时没了主意,她扔下了手里的活,在屋里,"踢托踢托踢托踢托"了好一阵,脸色一阵红一阵白,但她还是没一个好主意。

明桂现在的胆子小多了,自从上次食堂的事之后。

明桂最终又进了卫生间,卫生间一直是明桂的避难所。明桂用双手撑住洗脸池,镜子里的明桂现在是瘦多了,几乎是瘦了一圈。这是意想不到的减肥效果。明桂把卫生间的门关上了,这样她就可以听不到下边传上来的齐新丽的叫床声,明桂想让自己想出个主意,怎么办?什么办法最好?那个想法又张牙舞爪地从明桂心里跳了出来,但这个想法是针对于国栋的,怎样对齐新丽,明桂不知道。

齐新丽的叫床声实在是太张狂了,她是有意这样,她的叫声,别人也听到了。

章玉凤停了手中的牌,对牌友说:

"什么人叫得这么难听?"

那几个牌友的注意力在牌上,管什么难听不难听。

这天,说来也巧,于国凤正在明桂那里,放暑假了,她经常过来帮着明桂看孩子。于国凤也听到齐新丽的叫声了,她循着声音过去,也看到停在下边院门口那辆红色的女式自行车了。于国凤认识这辆车,脸色一下子变得比这辆车子还红。于国凤是什么性子?她奇怪明桂这时候去了什么地方,于国凤抱着明桂的儿子在屋子里到处找明桂,找不着明桂,她觉得自己就这么抱着侄子下去也不妥,一旦伤了孩子怎么办?她在卫生间里找到了明桂,看到明桂对着镜子,眼睛瞪得大大的,大口大口出气,傻掉一样,眼里亮亮的,却不是泪。明桂的样子让于国凤看了从心里禁不住发冷,于国凤声气不对了,她把孩子交给明桂,说要下去看看,她现在还不敢肯定下边到底是什么情况,齐新丽这个狐狸精已经在嫂子明桂家过夜了,这个不要脸的货,她还敢再来?现在于国凤对齐新丽不是一般的恨,恨是一种力量,比什么都大的力量:

"贱货!贱货!贱货!贱货!"

于国凤听见自己心里的声音,声音的力度有几分像壮汉打夯,每一下都把她对齐新丽的恨夯得更结实,她转身奔下楼去。

明桂抱着儿子,急忙去了阳台,阳台那边可以看到下边屋里的情况。她看见于国凤下去了,站到下边院子的院门口了。于国凤穿着一件红花衬衣,上边有一朵一朵大红的花,远远看就像有一身的火苗子。于国凤拍门，把门拍得啪啪响。又喊了两声，喊她哥。问题就出在她喊她哥这上边，她一喊，屋里的齐新丽和于国栋就知道外边是什么人物了。齐新丽的叫声像灯一样一下熄掉了，门被于国凤拍了又拍却始终没有开。于国凤只好再上来，于国凤现在浑身上下都是火，她一直站在朝北的那个窗前看着下边，胸口那里挺着两座比夏威夷都厉害的火山，随时都要爆发。于国凤一直等到天黑，下边的门始终没有开。

于国凤就那么站着，明桂怎么劝她都不坐下，她盯着下边，背对着明桂，有两道泪水始终断断续续在国凤的脸上。

"于、国、栋、你、也、太、漂、亮、了！"

明桂抱着儿子，也站在那里，她听见自己心里的声音，是一个字一个字从愤怒之中跳出来的，像是木匠往木板上用力钉钉子，一锤一个钉子，一锤一个钉子。那个怕人的想法，在明桂心里张牙舞爪上天入地，让明桂无法把自己调息过来。

妇联主任明桂毕竟是妇联主任，表面上看，她还是能沉得住气。

一个星期终于过去了，时间虽说不长，那天的事怎么说都算是过去了。两口子，无论怎么样，都是要见面的。于国栋有那么点不好意思，但也不可能不好意思一辈子。于国凤从那天开始再不和她哥说话,一句也不说。这倒免得让于国栋尴尬。于国栋最近又做了一件事,那就是让跑茶叶的老杨又给他做了一只更漂亮的紫砂杯子,上边刻了八个字,比过去多了一个"请"字:"请于国栋主任雅赏。"于国栋对这个杯子热爱倍加,无论到什么地方都带着它。于国栋不但给自己,还让老杨给明桂定做了一个这样的杯子,上边刻的是:"请李明桂主任雅赏。"于国栋把这两个杯子放在一起欣赏了一下,然后交给了明桂,明桂看都没看就放下了。

明桂现在的态度很奇怪,没提那天的事,好像是怕提起,又像是一种默认。那天,明桂忽然对于国栋说:"孩子都快一岁了,咱们照张相吧。"

于国栋从来都没和明桂照过相,但这次他不好推托了,因为明桂说的是和孩子一起照相。于国栋没多想别的。他和明桂去了市里,找了一家照相馆照了相。相片很快就洗了出来。一共是两份,三口人,两大一小,半身的一张,全身的一张。相片照得很好,于国栋很漂亮,明桂想不到自己给摄影师的灯光也弄得很有模样。让明桂尤其激动的是,平时看还看不出来,在照片上倒看出来了,儿子是越长越像于国栋。明桂的两滴泪水猛然落在了照片上。这两滴眼泪分量很重,像是一下子就把照片打得倾斜了,泪水横越了整张照片滑落到地上,在照片上永远留下了两道痕迹。

相片洗出来后的第二天,明桂起得格外早,外边果树上的鸟好像刚刚才开始鸣叫。四周的雾气很重,林子里总是这样。昨天晚上于国凤没走,是明桂没让她走,执意要留她,她让国凤帮她合合毛线,把细股的毛线合粗一点,两种颜色的线合在一起就更好看了。合完线,明桂又让国凤帮她把给儿子于明织的毛衣毛裤收拾一下,分几个包包起来。于国凤当下吃了一惊,想不到嫂子明桂给自己侄子织了那么多毛衣毛裤,从小号到大号织了都有。

于国凤拿起一件最大的在自己身上比了比,说:

"这一件我都能穿了。"

"只是不知道二十年后会时兴什么样式的,要是知道就好了,我再给于明织一件二十年后穿的。"

明桂说这话时叫的是自己儿子的大名——"于明"。

明桂又说:"到时候你这个当姑姑的给他织吧。"

于国凤这会还在睡觉,明桂却起来了。她先是去了卫生间,对着镜子愣了一会,然后下去了。明桂很沉着地用自己的钥匙开了院门,然后又轻手轻脚地开了屋门。这时候于国栋还在睡大觉,天很热,七月的天气,即使早上也很热,于国栋什么也没盖。他有裸睡的习惯,他连短裤都不穿,嫌不舒服。于国栋现在的情形是仰天大睡,睡得很投入,于国栋的身体真是好看，结实而匀称。人睡着，但身体在早上该焕发的地方已经朝气勃勃地焕发了起来，坚挺地竖立着，也不知是为谁而立。这让明桂特别生气，特别受刺激。明桂是激动，而不是冲动，明桂做事从来都是深思熟虑，她不会因为激动而做出什么，也不会因为不激动而不做什么。她的手慢慢抬起来，眼里已经充满了泪花。明桂把手对准了于国栋的脸，明桂的手里是一个玻璃瓶子，玻璃瓶子里的液体马上就浇在了于国栋那张漂亮的脸上。

于国栋被脸上的剧疼一下子弄醒，于国栋尖叫起来。

这个早上，于国栋爆发的一连串恐怖的叫喊几乎惊动了所有住在附近的人。

"你下去看看吧，看看你哥。"

明桂事后又很沉静地上了楼，对被于国栋的惊叫声惊醒的于国凤说。

"我哥怎么了？"

于国凤在床上坐起来，她从她哥痛苦无比的叫声中知道她哥一定是出事了。

"我把他毁容了，用硫酸。"

明桂很镇静地坐下来，这个巨大的肉球在窗边的椅子上坐下来，她看着于国凤，满眼是泪。于国凤怔怔的，但她没下去，甚至一动没动,她听着下边不断传上来的她哥于国栋的惨叫。

"我自己把自己的事解决了,我以后可能不是你的嫂子了,但你侄子永远是你的侄子!"

明桂哽咽着,声音都变了,是下达决定,不容反驳,悲怆无比,她直盯盯地看着于国凤:

"但你侄子永远是你侄子!"

明桂哽咽得了不得,又说了一遍,不是说,是在做决定,妇联主任在做最后的决定。

"嫂子——"

于国凤终于憋不住自己的眼泪了,于国凤叫过明桂多少次嫂子,但数这一次最痛彻肝肠,沁入骨髓。

二十五

向日葵再次开放的时候已经是第二年的七月。

明桂"踢托、踢托、踢托、踢托"从看守所出来的时候天气已经很热了。算一算,明桂整整在里边待了一年。于国栋的脸是被彻底毁了,满脸给硫酸烧出的疤已经让他没有人样。于国栋摔了镜子干脆不再看,但他又忍不住,他现在是用自己的手看自己的脸,手在脸上摸来摸去,脸上的每一道沟沟岔岔就都被手看清楚了。他的脸现在是不能看了,一点点都不能看。他的儿子那次被姑姑于国凤抱来,儿子见到他就像是见了鬼,吓得大哭不止。齐新丽现在是消失得无影无踪，于国栋给齐新丽打过无数次电话，那边的电话后来干脆停了机。于国栋这样的结果让齐新丽始料不及，不但是她始料不及，连于国栋都始料不及。于国栋现在是真正清醒了，自己已经是这个样子了，在这个世界上恐怕连一个爱自己的人也不会有了，但和自己有关系的人却大有人在，而众多与自己有关系的人里边可能只有明桂还会想着自己，他们毕竟有儿子这一根血脉在中间牵着。

于国栋那天摸着自己的脸自己跟自己狂笑起来：

"你这下子终于和明桂扯平了！"

于国栋的眼泪在脸上纵横交错就是不能一下子流到下巴颏上。于国栋死心了，认了，他这样的男人有傲气却没一点点傲骨。他现在终于好像已经找到了那种近似于哲学比较抽象并且具有某种普遍意义的东西了：女人还不都一样！其实更深刻的是他明白了明桂就是和别的女人不一样！不一样就是不一样！一年多来，于国栋和于家人给法院不停地写陈述书，要求撤诉，于国栋在陈述书里说是自己不小心碰翻了放在搁架上的硫酸瓶。章玉凤那边的钱花得简直像流水，中间间插着"茅台""五粮液""中华烟"和"三五烟"，都是李书记留下来的，李书记驾鹤仙游并没有把这些东西带走，到这时却派上了用场。

明桂"踢托、踢托、踢托、踢托"地走着，但不再一挺一挺的雄赳赳。一年多她没这样走路了，走路现在对她来说简直就是一种享受。她是一直走着回来的，接近乡里的时候，有人看见她了，叫起来，许多人都跑过来要看一看从里边出来的明桂。这一切，明桂都觉着是既无所谓又无聊。她干脆不在路上走了，她一猫身子扑进了向日葵地，胖胖的明桂，像个枣核的明桂，并没因为在看守所里待了一年多而瘦下来。明桂在向日葵地里走着，向日葵长得很密实，挡得她走不好，她只好把向日葵拨开，一棵棵拨开，头顶上是六月的太阳，金色的阳光从向日葵重重叠叠的花瓣上落下来，落了明桂一头。

"于明——"明桂在向日葵地里喊了一声，试验性质的，声音很低，像是儿子就在眼前。

"于明。"明桂又喊了一声，一年多她没喊这名字了，这让她自己都激动。

明桂终于从向日葵地里钻了出来，抬腿要往地坎上迈的时候，明桂忽然吃了一惊，她看到了地头站着的那个人，是谁？是于国栋！戴着个大草帽，压得很低，只能看见他的下巴颏，于国栋的身旁，是他们的儿子。

明桂迈不动步子了，她不会动了，好像是，有一种什么力量把她一下子给定在了那里。